Wilhelm Schäfer

Faustine, der weibliche Faust

Tragödie in sechs Aufzügen. Nebst Vorspiel und Prolog.

Wilhelm Schäfer

Faustine, der weibliche Faust
Tragödie in sechs Aufzügen. Nebst Vorspiel und Prolog.

ISBN/EAN: 9783743668416

Hergestellt in Europa, USA, Kanada, Australien, Japan

Cover: Foto ©Andreas Hilbeck / pixelio.de

Weitere Bücher finden Sie auf **www.hansebooks.com**

Faustine,
der weibliche Faust.

Tragödie

in

sechs Aufzügen nebst Vorspiel und Prolog

von

Wilhelm Schäfer

aus Frankfurt am Main.

Adresse:
Mühlebachstraße 55/59, Pension Fortuna, Zürich V, Schweiz.

Zürich.
Buchdruckerei Emil Cotti's Wittwe.
1898.

Druck an Stelle der Handschrift.

Nicht übertragbar, außer durch den Verfasser.

Alle Rechte vorbehalten.

Aufführungs- und **Verlagsanerbietungen** nimmt der **Verfasser** entgegen.

Bühnenvorstände, die das Werk nicht zur Darstellung bringen, belieben das eingereichte Exemplar als Drucksache zurückzusenden.

Redaktionen wollen die gegebene Beurtheilung dem Verfasser einschicken.

Frau Marie Butler

in

dankbarer Verehrung

dargebracht.

Den Manen Goethe's.

Du, der das herrliche Gefäß mir bot,
Um den Gestaltungsinhalt aufzunehmen,
Den ich gesammelt und der mir gedroht,
In Düfte zu verfliegen gleich den Schemen:
Du thatest viel an mir: mein Leitestern
Warst du am weiten Himmel der Ideen,
Der schwanken Fantasie der feste Kern
In ihrem Hin- und Widerwehen.

Ich danke dir, der du von Jugend auf
Bewegt mir der Empfindung Spiele,
Der du gefördert ihren Lauf,
Bis sie gelangten zu dem Ziele:
Gestalten zu erschaffen, die durchdringt
Des reichen Lebens wechselvolles Loos.
Der Geist allein, der furchtlos ringt,
Ist auch in dem Entbehren groß.

So lächle denn, Olympier, herab
Auf deiner Schöpfung Widerspieg'lung!
Was ich mit Lust dir abgelauschet hab',
Bedarf nicht erst von dir Besieg'lung.
Auch eig'nen Geistes Ranken streben auf
Zu deinem himmlisch hohen Sitze;
Und langen sie auch nicht zu dir hinauf,
Erreichst du sie mit deinem Blitze.

Vorspiel
im Theaterdirektionszimmer.

Personen:

Der Dichter.

Der Theaterdirektor.

Der Schauspieler.

(Modernes Kostüm.)

Dichter.

Ich habe da ein Stück geschrieben
Und bring' es ganz bescheiden her.
Es handelt von zu heißem Lieben,
Von Wissensdrang und noch viel mehr.
In breiten Strichen malt darin das rauhe Leben;
Der Fantasie ist Spielraum weit gegeben;
Naturgewalten schreiten frei umher.
Die stärksten Leidenschaften sprühen
In ihm, wie Flammen in Vesuv's Bereich;
Und zarte Regungen erblühen
Dazwischen, duft'gen Veilchen gleich.
Ich habe wirklich Kraft bewiesen:
Nicht Nebel fing ich auf der Flur;
Ich fischte thätig in dem Fließen
Der fortgestaltenden Natur.
Nun richt' ich an den Herrn die Bitte:
Zur Aufführung zu thun die Schritte.

Direktor.

Mein junger Mann, da kommen viele,
Zu viele täglich hier herein
Und reichen ihre Trauerspiele
Und Possen mir zur Prüfung ein.
Der Feuereifer, den Sie äußern,
Besitzt nicht über mich Gewalt.
Wir streben nur nach vollen Häusern;
Woher sie kommen, läßt uns kalt. —
Weist her! — Das ist ja nur geschrieben
Und nicht als Manuskript gedruckt.
Wer fühlte da zum Lesen sich getrieben!
Das wird erst gar nicht angeguckt.
Vielleicht läs' es mein Sekretär,
Wenn er nicht zu beschäftigt wär'.
Man wird ja selbst im Lieben lau,
Giebt täglich man sich ab mit einer schönen Frau.

Dichter.

Bestimmt Sie denn nur Aeußerliches,
Und prüfen Sie nicht auf den innern Werth?

Direktor.

Ich prüfen?! Leicht läßt uns im Stich es:
Wir spielen, was das Publikum begehrt
Und was der Kasse Geld bescheert. —
Was in Berlin und Wien gefallen,
Durch Zufall oft nur an das Licht gekehrt,
Das wird von uns dem lüsternen gewährt.
Und dann das alte Repertoir
Raubt uns die meiste Kraft noch gar. —
Dort wenden Sie Sich an die Musentempel;
Dort drückt man auf den rechten Stempel.
Experimente, die sind uns benommen.
Dazu ist das Büdget zu klein.
Wir freu'n uns, wenn wir auf die Kosten kommen.
Geschäftsmann müssen wir in erster Linie sein.

Dichter.

Es legt euch an der Broderwerb den Zügel
Und hemmt zuletzt zum kleinsten Schwung die Flügel.
So können kein Talent Sie unterstützen,
Es freuderfüllt aus seinem Dunkel zieh'n?

Direktor.

Wenn einen Namen Sie einmal besitzen,
So treten Sie hier wieder hin.
    (Sieht sich das Manuskript nochmals an.)
Oje! das sind auch gar noch Reime.
Das alte Eisen ist längst abgethan!

Dichter.

Nein, Samen birgt das Heft und frische Reime!
So schauen Sie Sich's doch nur an!

Direktor.

Vergebens, wahrlich! ist Ihr Bitten.
Seh'n Sie den Stoß, der seiner Auferstehung harrt?
Zur Tagesordnung wird geschritten.
Erbarmungslos bleibt alles eingescharrt.
 (Der Schauspieler nimmt das Manuskript an sich und liest darin.)

Dichter.

So will ich geh'n, um alle Hoffnung ärmer.
Ich seh' das Publikum um den Genuß beraubt!

Direktor.

In die verkannte Größe hüllt sich noch der Schwärmer,
Der an die Wirkung seines Opus glaubt!

Schauspieler (zum Direktor).

Das ist ein Stück, nicht bloß Gestückel!
Das wälzt sich durch die Menge durch!

Nehmt nur das Ding hier gleich beim Wickel!
Mit dieser Rolle Steine ich durchfurch'!
Ich treff' die Herzen mit urkräft'gem Stoße;
Ich heil' sie mit der Worte Balsam auch zugleich.
Diktion erhebt sich drin in's Große,
Und an Gestaltung ist es reich.
Ein Adler trägt das Junge auf den Schwingen;
Der wird es sicher zu dem Horste bringen.

Direktor.

Ihr seid bestochen; und vom Eigenlobe
Des Dichters stinkt, was ihr da sprecht.
Daß ihr sein Sprachrohr seid, ist keine Trope.
Gesteht's! Das Stück ist herzlich schlecht.

Schauspieler.

Wasch' einer Mohren weiß! (Zum Dichter) Mein Herr Poet!
Gebt euern Unhold mir nach Hause.
In meiner stillen Schaffensklause
Will ich erfreu'n mich dran, wie er sich dreht,
Wie er sich macht auf seinen Beinen breit,
Wie er bekommt den ersten Zahn.
Der wird schon beißen lernen mit der Zeit!
Er frißt sich sicher durch die Massen,
Langt er nur erst an's Licht heran.

Dichter.

Ihn will ich denn zur Zähmung Ihnen überlassen.
Sie lesen wenigstens darin, und das ist heute viel,
Wo außer Achtung steht gebund'ner Stil.

Schauspieler.

Wißt! Laßt ihn drucken, dann kommt er
Doch unter Leute zum Beschau'n und unter Spötter.
Voraussicht nicht, ein glücklich Ungefähr
Bringt so vielleicht ihn auf die Bretter.
Der Zufall gilt oft für ein Werk der Götter.

Dichter.

Ich stimm' euch zu, wie jener Schüler,
Den der Mephisto einst berieth.
Doch wenn dadurch ein Unheil just geschieht,
Tragt ihr die Schuld als Taschenspieler.

Schauspieler.

Recht gern! Ja, den Praktinski möcht' ich spielen,
Der vielen aus der Tasche guckt!
Wenn sie den Teufel auch nicht fühlen,
So haben sie ihn doch einmal verschuckt.
(Nach dem Direktor hinschielend.)
Den Säckel hilft er ihnen füllen:
Sie thun erst nichts um Gotteswillen.
Das schließt nicht aus, daß dessenwegen
Das Ei sie neben's Nest doch legen.
Die besten Kräfte haben sie vor Augen
Und wissen nicht, wozu die taugen.

Direktor (heftig).

Geht das auf mich?! Dann her den Fetzen!
Ich will wohl zeigen, daß dem Bösen ich
Nicht voll verfallen bin: Den Guten zum Ergötzen,
Den Frommen aber sicher zum Entsetzen,
Geb' ich das Stück unweigerlich.

Dichter.

Die Stichelei, der kräft'ge Treiber,
Hat hier gesiegt, nicht ich. — Ich dank euch beiden sehr.
Doch kennet ihr im Stück erst meine Weiber,
Steig' ich in eu'rer Gunst noch mehr.

Direktor (stutzig).

So ist das ganze Vorspiel eine Finte,
Die bloß mich stellt, und zur Reklame nur gemacht!?
Die bleibet weg und zeigt sich nur in Tinte!

Dichter.

Erst jetzt fällt von den Augen euch die Binde!

Direktor.

Ihr thut nicht recht, wenn ihr darüber lacht:
Wer hätt' beim luft'gen Dichter an Verstand gedacht? —
Nun fühl' ich eu'rer Wirkung Spuren!

(Dem Dichter die Hand reichend.)

Wir sind kongenialische Naturen!

Dichter.

Vom Herrn Direktor äußerst gütig.
Ich werd' darob nicht übermüthig.
An Ihnen ich den Muth bewunder';
Denn ungelesen geben Sie den Plunder.

Schauspieler (zum Dichter).

Ihr kennet längst schon eu're Stärke. —
Nun flugs zum Werke!
Ein jeder würd' es loben, der es sah,
Hätt' es nur schon die Patina.

Prolog
in der Hölle.

Bombar, der Oberste der Teufel. Ihn umgeben seine Großen: Asasötida, Lepidanthos, Rhamphastus, Suffimentum, Praktinski, Ventriculus und sonstige, die zu seinem Ergötzen damit beschäftigt sind, verdammte Menschenseelen zu plagen. Man gebrauche zur Vergegenwärtigung der Qualen Hanns Memling's Bild des jüngsten Gerichts in der Marienkirche zu Danzig; ebenso zur Herstellung der Kostüme.

Bombax.

Stellt ein die Arbeit, die verfluchte Freude,
Die Seelen der Verdammten hier zu quälen!
Ein Ruhetag sei drin für heute.
Ich will euch lieber was erzählen:
Zu eng' für uns're Thätigkeit
Ist diese liebe Hölle worden.
Die Sünder machen sich zu breit;
Es fehlt am Platze aller Orten.
Ein neu Quartier, in größern Räumen,
Zum Unterbringen heißt es zu erwerben.
Dies zu beschaffen, dürfen wir nicht säumen;
Sonst ging' mein ganzes Reich in Scherben;
Denn an der Pestluft würd' es sterben;
Und alle wären gut daran.
Wie fangen wir's am Klügsten an,
Dem Himmelreich ein Fetzchen zu entreißen,
Das wir zu der Verfluchten Jammer
Benutzen frech als Folterkammer
Und uns zum Badeplatz, dem heißen?
Da sind so viel von den Planeten
Und Fixgestirnen unbewohnt,
Ganz abgeseh'n von den Kometen,
Die zu benutzen schlecht sich lohnt.
Den einen oder anderen uns abzulassen,
Wär' ein Gebot der Billigkeit.

Doch wie die Göttlichen uns hassen,
Zweifl' ich an ihrer Willigkeit.
Es gilt demnach, durch List von jenen Obern
Ein Stückchen Weltenraum uns zu erobern:
Etwa den Sirius ihnen zu entwinden
Und drauf ein zweites Höllenreich zu gründen.

Praktinski.

Sehr wahr! — Ich fühl' Bedürfnis zum Regieren,
Kann ich auch nur die Unterherrschaft führen.

Bombax.

Gern' wär' dich Unruhstifter hier ich los.
Es wird mit deinem Einfluß mir zu groß.
Du bist ein Neuerer, ein Sozialiste
Und stehst bei mir schon auf dem schwarzen Brett.
Wir führen hier auch eine Stand- und Würdenliste;
Im Rang muß höllisch unterschieden sein.
Gleich schlimm erscheinen, wär' nicht nett;
Denn nur das E l e n d ist hier allgemein.

Asafötida.

Die Venus wollen wir entzieh'n dem Sonneneinfluß
Und drauf die neue Hölle etablieren.

Suffimentum.

Wo aber hin denn mit des Lichtes Reinfluß,
Um Dunkelheit dort einzuführen?

Praktinski.

Den leiten wir zur Erde ab, wie unf're Dünste.
Ich sorg' schon für des Lichtes Unterdrückung.
In Polytechniken hab' ich erlernt die Künste
Zur stromerschließend schnellen Ueberbrückung.

Rhamphastus.

Doch eine Menschenseele brauchen wir als Reiber,
Die die Versetzung uns vollführt.
Vorzüglich liefern sie der Frauen Leiber,
In die sie krafterhaltend enge eingeschnürt.

Lepidanthos.

Ich weiß da einen wie mit Schuppen
Gepanzerten, in dem viel Fluidum sitzt,
So fest zwar, daß in seinen weichsten Gruppen
Kein Bläschen aus den Poren schwitzt.
Sie brütet Tag und Nacht ob dem Geheimen
In der Natur und steht der Liebe fern.
D i e Seele würde Wunder keimen;
Mit ihr erbeuten wir den Stern.

Praktinski.

Faustine meinst du, jenen Zwitter,
Der nach Begattung heimlich sich doch sehnt
Und hinter der Versagung Eisengitter
In hoffnungslosem Kummer stöhnt!?

Bombax.

Das wär' die Rechte! — Trefflich unterrichtet
Seid ihr in allem, was der Satan braucht! —
Die werde von Praktinski rein gezüchtet,
Bis sie zu unsern Zwecken taugt.
Daß wir der Menschen nie entbehren können,
Wenn etwas Großes wir zu schaffen denken!
Der Himmel nutzt sie freilich auch;
Sonst bliebe er ein l e e r e r Hauch.

Ventriculus.

Sie sind die Kräfte uns zum Brennen,
Das Material, uns Gluth zu schenken.
Ohn' sie kein Feuer in dem Haus;

Und mit dem Kochen wär' es aus!
Wir wären geistig und auch körperlich
In unf'rer Abgeschiedenheit schon längst verlungert,
Erbarmten unserer sich Menschen nicht,
Die stündlich es nach neuen Freveln hungert.
Die Skala von dem Dolch bis zum Torpedo
Legt gegen Menschenliebe ein ihr grausam Veto.

Praktinski.

Doch wird uns der Erob'rungskrieg nicht schaden
Beim Weltenherrn? Wir stehen nicht in Gnaden
Bei ihm. Er schränkte unser Wirken lieber ein,
Als es verstärkt zu seh'n zu seiner Menschen Pein.
Ich hab' gewarnt; doch unterziehe ich mich gern
Dem Auftrag unsers Höllenherrn:
Das Licht der Welt in Strömen zu verprassen,
Um sie zuletzt in Finsterniß zu lassen.
Zu schaden ist so meine Lust,
Und träf' es auch die eig'ne Brust!
Nur wühlen, und verlör' dabei ich auch den Boden
Und stürzte hin, wo jedes Haltes Gränze! —
Die gier'ge Flamme dient zum Roden
Weit besser als des Todes Sense.

Bombax.

Vollkräft'gen Fluch senk' ich auf das Gelingen
Des Unternehmens, auf des Lichtes Mord;
Und wenn in ihm wir schmählich untergingen,
So spielten M e n s c h e n die Vernichterrolle fort.
Sie gönnen sich das Brod nicht, führen Kriege
Hart miteinander, selt'ner gegen Lüge.
Dies unser Trost bei einem schlechten Ende.

Praktinski.

Zur Erdenrinde auf schlüpf' ich behende.
(Streckt zur Verabschiedung die Zunge hervor.)

Die Tragödie:

Faustine,

der weibliche Faust.

Personen und Hoffnungen:

Faustine Hermaphroditos.
Doktor **Ronober**, ihr Oheim, Arzt.
Musarion, ein göttlicher Taugenichts.
Innocentia, ein Bürgersmädchen.
Hertha, ihre alte Nachbarin.
Praktinski, Wissenschaftsverflüchtiger, ein teuflisches Genie, zuerst als Irrlicht.
Elektra, Faustinens und Praktinski's Geschöpf.
Schabholz, Professor der Aesthetik.
Der **Lebenstrieb**, ein Silberschein und kein Geist.
Die **Unabänderlichkeit**, ein blinder Spiegel.
Chor der **Waisenkinder.**
Irma, eins der Waisenkinder.
Melancholia, die Tiefdringende.
Schalk, ein Maurermeister.
Sechs **Maurergesellen.**
Führiana,
Klettina,   } Studentinnen.
Magrona,
Sattilla,
Ein **Fuchs.**
Der **Leiter** der Altweibermühle.
Drei seiner **Gehülfen.**
Drei **Damen.**
Drei **Offiziere.**

Das K o s t ü m, wenn nicht anders angegeben, modern.

Erster Aufzug.

I, 1.

Nacht.
Einfaches Studierzimmer
mit Bücherausstattung und Lampenbeleuchtung.

Faustine (einfach gekleidet).

Versucht hab' ich es mit der Wissenschaft,
Der Schädelfüllung „comme il faut".
Zum strengen Studium hatt' ich mich errafft;
Das Geistesherdchen brannte lichterloh.
Umsonst! mir ward Befried'gung nicht im Busen:
Der Kopf ward voll; das Herz doch blieb mir leer.
Jetzt zähle ich noch gar zu den Abstrusen
Und find' in meinem Selbst den Weg nicht mehr.
In klarer Schau ob dieser Schöpfung Dinge
Lag vordem noch mein einzig Glück.
Ich faßte sie in ihrem vollen Ringe;
Ich faßte sie, wenn auch nur mit dem Blick
Von außenher, in ihrer Formenmacht,
In ihrer abgestuften Farbenpracht.
Drin lag ein Spiel, von Kindheit auf gewohnt,
Das lang' mich unterhielt, entzückte.
Vom Tiefergeh'n blieb ich verschont,
Bis mich der Wissensdurst bestrickte.
Ich wagt' mich in den tiefen Fluß,
Statt aus dem Becher nur zu trinken,
Vergaß, daß man drin schwimmen muß,
Will man nicht jämmerlich versinken.
Zu schwach ist meine Kraft, mich hochzuhalten,
Im Stromgetriebe festzusteh'n.
Zur Rettung kann ich nur die Hände falten
Zum Strand hin oder kraftlos untergeh'n.

Was trieb mich in der Forschung Stromesschnellen,
Was aus der sichern Burg der Weiblichkeit?
Ich wollte mir des Lebens Pfad erhellen
Und schmacht' dafür jetzt in der Dunkelheit.
Der Liebe Lichtung ward mir niemals offen;
Mir hat es in der Seele nie geblüht.
Ein frost'ger Reif, der mich als Kind getroffen,
Ließ öd' und düster mein Gemüth.
Wohl fühlt' ich schreckensvoll die große Leere;
Umsonst doch war zur Aend'rung mein Bemüh'n.
Es treibt kein Baum im lockern Sand am Meere;
Aus Fluthen können keine Flammen sprüh'n.
Versagt hat die Natur mir das Empfinden
Für unsere Ergänzer, für den Mann:
Des Menschen Glück beruhet im Verbinden.
O selig, wer erliegt dem Zauberbann!
O faßte mich doch auch ein Liebesleben,
Das viele meiner Schwestern aufwärtshebt,
So daß sie über Leid und Mühsal schweben,
Genuß sich in des Lebens Kette webt.
Vergeblich ring' ich nach des Daseins Krone:
Natur schuf dem Geschlechte mich zum Hohne.
Der Reize keinen hat sie mir bescheert:
Mich findet niemand je begehrenswerth.
Erst war mein Wunsch, daß sie mir ferne bliebe;
Doch jetzt verlang' gebiet'risch ich nach Liebe. —
Voll Neid las ich im spannenden Romane
Von Liebesdrang und von gestillter Lust.
Mit dachte ich, erfüllt vom Dichterplane,
Ein Mitempfinden ward mir nicht bewußt.
Verborgen unter schwarzbehängter Stele
Ruht todt des Lebens Puls, die heft'ge Seele. —
Weg mit dem Buch; es gehe auf in Flammen!
Zur Lüge ward's an mir. Nicht hat's den Druck,
Den ich begehre: Brust an Brust zusammen,
Gebunden durch des heißen Kusses Schmuck.
Nicht Lettern will ich seh'n, nicht flotte Sätze,
Die ein Gehirn sich einsam ausgedacht,
Damit die Les'rin sie in Leben übersetze:
Nein, Fleisch und Blut nur werd' mir dargebracht!

Geliebt zu werden, lieben zu vermögen,
Ist mein Begehren, meiner Sinne Regen!
Nicht länger will ich todte Schätze hüten,
Die nimmer mir ein Weltkind wechselt um,
Nicht länger mehr ob den Problemen brüten,
Die für die Lösung ewig bleiben stumm.
Dich ruf' ich an, du Schöpfer jener Keime,
Die wirksam sich ergeh'n in der Natur,
Die voll erzeugen all' die Pflanzenseime:
O einen einzigen davon mir Armen nur!
Dir mit zur Lust laß mir sich ihn entfalten!
Zum Lebewesen laß sich ihn gestalten!
Heb' mich aus mir, damit ich nicht ersticke,
Mein Ebenbild doch im Geschöpf erblicke,
Die Huld, wie Gold auf Danaë, mir regne
Und den Verband gesegnet ich dann segne!
Hast du vernommen mein gerechtes Bitten,
Du rieselnder, befruchtender Erhalter?
In Einsamkeit hab' ich genug gelitten;
Sei willig mir des höchsten Wunschs Entfalter!
Gönn' die Empfängniß mir, laß sie mich fühlen!
Bestätigend erschein' der Bitterin!
Ich merk' es an der Luft, der schweren, schwülen,
Du weißt schon, wo ich bin.
Schwing' deine Flügel über meinem Haupte;
Geh' über meine Lippen zu mir ein;
Und die des Myrtenkranzes lang Beraubte
Laß früchtespendend seine Träg'rin sein!
Die Brust zeig' ich dir zum Beschwörungszeichen:
Des Lebenstriebes Geist, laß dich erweichen!

I, 2.

(Der **Lebenstrieb** offenbart sich in der Ergießung eines Silberscheines von obenher.)

Der Lebenstrieb.

Ich keime schon und weiß um dein Begehr.

Faustine.

Verheißungsvoll schwebst du um mich einher.
Mir wachsen an den Schultern schon die Flügel;
Ich steig' in der Erhebung schwanken Bügel;
Mein Sehnen wird durch Mutterlust gestillt.

Der Lebenstrieb.

Ich bin ein Schein nur, der noch nichts erfüllt.
Ich kann nur deine schwachen Kräfte heben,
Den Drang in dir zum Wirken mild beleben.
Die Zeit führt dann den heißen Wunsch zum Ziel;
Die Reife bringt der Jahreszeiten Spiel.

Faustine.

Mit Hoffnung einzig fertigst du mich ab?!

Der Lebenstrieb.

Selbst sie geht oft vor Zeitigung zu Grab!

(Der **Schein** verschwindet.)

I, 3.

Faustine.

Weh', du entschwandst und ließt mir schwachen Trost
Zurück! Doch ich muß voll Gewißheit haben!
Es schüttelt mich, als ob ein tück'scher Frost
Zum andernmal zerstörte mir die Gaben.
So bleib' ich kalt, da mir die Gluth zu nichts
Gefruchtet, eisigkalt; und jetzt beschwöre
Den stärkern Geist ich: Waltender, erhöre
Den starr'sten Sinn, der je im Schein des Lichts
Verlangen trug, der keiner Schranke weicht,
Die trennend zwischen dir und ihm gezogen!
Zum Marmorbilde bin ich schon erbleicht,

Versteint, vergeistert und dir zugewogen:
In der Gestaltung hab' ich dich erreicht.

I, 4.

(Die **Unabänderlichkeit** erscheint in Bildung eines kaltstrahlenden Spiegels,
der zwar ausstrahlt, aber keine Eindrücke aufnimmt.)

Faustine.

Entsetzlich! jener Spiegel, der für unsern Eindruck blind,
Nur seiner Fassung Strahlen auf die Dinge wirft.

Die Unabänderlichkeit.

Du bist ein ungeduldig heischend Kind,
Das von der Wahrheit bitt'rem Tranke schlürft.
Fortwährend steh' ich jedem zu Gebot;
Doch echolos verhallt' an mir der Ruf
Des Wünschenden. Um Leben oder Tod
Fleht der umsonst mich an, den man erschuf:
Ich herrsch' nach unumstößlichen Gesetzen,
Mir vorgeschrieben seit dem Weltbeginn.
Nie darf ich ihren festen Stand verletzen,
Nie reißt die Klage mich zur Aend'rung hin.

Faustine.

Du weißt es schon, wie tief verletzt ich bin.
Mach' mich zum Weibe, dessen Bild ich trage!
Mach' mich zu dem, wofür die Welt mich nimmt!
Ich wende mich zu dir mit keiner Klage;
Ich ford're nur das Loos, das mir bestimmt.

Die Unabänderlichkeit.

Was in dir liegt, entfernet von Zerstück'lung,
Gelanget unverkürzet zur Entwick'lung.
Ob fruchtbar oder fruchtlos sei dein Schooß:
Ergieb dich in dein unvermeidlich Loos!

(Der **Spiegel** verschwindet.)

I, 5.

Faustine.

Auch du giebst mich der Ungewißheit preis,
Der Menschheit herbem Loos, dem unentrinnbar
Verfallen sie, so daß sie niemals weiß,
Was ihr im nächsten Augenblicke noch gewinnbar:
Ob sie des Schreckens Abgrund jäh verschlingt,
Ob er Erfüllung ihr des Wunsches bringt. —
Was ist des Menschen Lebensgang hienieden?
Erneuter Kampf nach kaum geschloss'nem Frieden;
Ständiges Zagen und Schweben
Zwischen zunächst und soeben;
Wetterfahne im Alle
Bis zu dem endlichen Falle;
Zifferblatt wallenden Zeitstroms;
Meister nur selten des Leitstroms;
Auge, bedecket mit Flören;
Ohr, nur den Stundruf zu hören;
Freier Wille, gehemmet;
Reißender Fluß, doch gedämmet;
Stoff, in das Unabänderliche sich zu schicken,
Stets doch Veränd'rung an ihm selbst zu blicken! —
Doch d i e Gewißheit trag' ich heut' von hinnen:
Kampf mit der Allmacht ist ein leer Beginnen. —
Ich höre Schritte von dem Gang her schallen.
Mir naht ein Mensch nach diesen Geistern allen.

I, 6.

(Professor **Schabholz** tritt auf.)

Schabholz.

Noch spät erscheine ich zu einer Plauderstunde,
Wie wir zusammen oftmals sie geübt.
Ich finde meine Schülerin betrübt.
Hab' einen Balsam ich für ihre Wunde?

Faustine.

Giebt mein Gesicht von meinem Innern Kunde! —
Nehmt gleich ein Pflaster, um es aufzulegen;
Dann ist der Eiterplatz vollauf bedeckt.
Wo's nicht gelingt, das Uebel wegzufegen,
Wird gut mit Anstand es versteckt.

Schabholz.

Wo fehlt's, wo gilt's zu viel für die Erduldung?
Gleicht nicht des Kunstwerks Schönheit alles aus:
Den fremden Eingriff, eigene Verschuldung,
Des Pulses Schwäche, regen Blutes Braus?
Pflegt drum der Kunst, die bösen Anfall zwingt!

Faustine.

Rührt den noch Schönheit, dem im eig'nen Innern
Die Fühlung mit dem Reiz nicht mehr gelingt,
Dem ihrer Glocken Ton nur ein Erinnern
An Mangel und Verlust zu Ohren bringt,
Weil reiner Widerhall schon längst zerstört ist
In dem Gemüth, das über Druck empört ist.

Schabholz.

Doch unversiegbar ist des Schönen Quelle;
Erquickung rinnt von allen Seiten ein.
Beschmutzet selbst, gewinnt sie wieder Helle
Und zeigt Umgebung in dem klarsten Schein.
Sie sammelt sprudelnd sich im Dichterbronnen.
O senke nur den will'gen Eimer ein!
Ein frischer Trunk ist schnell daraus gewonnen,
Und seine Spülung macht die Sinne rein.

Faustine.

Zu tief im Boden ruh'n die kühlen Schätze,
Die ich mit schwacher Hand mir heben soll;
Und wüßte ich auch ihre Lagerplätze
Und schöpfte ich auch meinen Eimer voll:

Bis ich die schwanke Last an's Licht gezogen,
Wär' längst der Inhalt in den Wind verflogen;
Denn sperrig weit liegt Ursprung vom Genuß.
Den Raum dazwischen füllt mir nur Verdruß.

Schabholz.

So lassen mich Sie den Vermittler machen;
Denn wir Aesthetiker erst bringen nah'
Der Dichter Werke, ihre duft'gen Sachen,
Sobald von uns der Niederschlag geschah.
Zu grell und bunt, zu mischungsvoll erscheinet
Das Werk an sich; es muß zerstiebt erst sein,
Eh' es das Gleichmaß rund in sich vereinet,
Das uns Genuß beut durch den schönen Schein.
In Elemente müssen wir zerlegen
Mit scharfer Sonde das Konglomerat;
Wir müssen an ihm messen, ja vergleichend wägen,
Bis daß die Dichtung wird zum Präparat.
Dann schieben, mit verwandten im Verein,
Wir sie in's richt'ge Fach befriedigt ein.

Faustine.

Und das nennt Herr Professor wohlgethan!
Kein frisches Korn mehr sieht dem Werk man an;
Das fremde Schrot nur macht sich unkrautsbreit:
Von falscher Münzung lieget das nicht weit.
In steifen Anzug stecken Sie die Glieder
Des drallen Leibs; man kennet sie nicht wieder.
Und was Sie draus für Dichterregeln pressen:
Ein Foltern ist's, Abstraktes zu ermessen!
Der Dichter müßte seinen Geist verhauchen,
Wollt' er von dieser Lehre was gebrauchen.
Die Regeln, die das Kunstgesetz enthalten,
Sie stecken schon in des Talentes Falten.
Ihr Fahrzeug scheitert an dem scharfen Risse:
Empfindungssachen spotten der Begriffe. —
Vernehmen Sie, wie ich vom Dichten denke,
Woher ich seines Schaffens Ursprung lenke:

I, 6.

Was zeichnet aus den Dichter
Vor vielem Erdenvolke?
Er schaut des Himmels Lichter,
Wo and're seh'n die Wolke.
Sie senken ihren Schimmer
In die bereite Seele,
Und leuchten da für immer,
Damit ihr Glanz nicht fehle.

Ihn reden an die Blicke
Und nicht allein die Zungen.
Er würdigt die Geschicke,
Die so zu ihm gedrungen.
Er ist ein klares Becken,
In dem die Welt sich schildert,
Ihr Lauf nach seinen Zwecken
Sich stärket oder mildert.

Er zeiget ihre Theile
Gefügt und ohne Lücke.
Er schlägt mit Zaubereile
Dazwischen sein Brücke.
Kühn ist der Schluß vollzogen,
Womit der Dichter bannet,
Gleichwie der Regenbogen
Das Firmament umspannet.

Er sieht in die Verstecke,
Wo Schätze sind vergraben,
Wenn and're an der Decke
Sich nur das Auge laben.
Er schaut, was schon vergangen,
Und läßt es wieder leben.
Die Zukunft, noch verhangen,
Sie muß ihm Auskunft geben.

Er hört ihr leises Kommen
Selbst in des Tags Gedränge;
Und, was er wahrgenommen,
Verkündet er der Menge.

Sie nimmt es auf betroffen;
Sie nimmt es auf mit Höhnen.
Ja, wär' kein Ohr ihm offen,
Sein Lied müßt' doch ertönen!

Er stärket und erfreuet,
Begeistert und erquicket,
Beseitigt und erneuet,
Wie sich's zur Lage schicket.
Er wirket um so reicher,
Je mehr er uns in Bildern
Als sinniger Vergleicher
Den Zielpunkt weiß zu schildern.

Die Kunst ist keine Schule,
Zum Lernen einzuladen.
Sie spinnt mit flücht'ger Spule
Nur eig'nen Geist zum Faden.
Sie webt ihn zum Gewande,
Das reich in Falten schwillet,
Den Leib nicht schnürt in Bande
Und doch den Körper hüllet.

Belebt ist ihr Gestalten:
Im Umriß, der nicht weichet,
Im kräftigen Entfalten
Der Frische, die nicht bleichet,
Die jede hohe Stunde
Zu hellem Glühen bringet,
Der, mit dem Schwung im Bunde,
Die Schöpfung neu gelinget!

Schabholz.

Ei, ei, mein Fräulein! Reden Sie pro domo!
Sie fallen sicher noch in meine Hand.
Ich weise nach an diesem „novus homo",
Was unf're Wissenschaft bis jetzt noch nicht erkannt.

Faustine.

Zu viel der Ehre, nähm' ich's nicht für Spott.

Schabholz.

Sie rächen grausam sich an dem Secierer.
Gut' Nacht für heut' denn, und behüt' Sie Gott!

Faustine.

Schlaft wohl! Ihr werdet nimmer mein Verführer.

(**Schabholz** ab.)

I, 7.

Faustine.

Das ist der Mann, der an Ideen klebt,
Die mühsam er aus and'rer Vorrath klügelt,
Der nie das Thor aus seinen Angeln hebt;
Das Schloß dazu ist ihm verriegelt. —
Ich kenne keinen erdgebor'nen Mann,
Der feu'rig in das Herz mir greifen könnte,
Den ich zu meinem Herrscher machte dann,
Dem ich mein ganzes Selbst zu rauben gönnte.
Gäb's einen solchen, der mich häßlich Weib
An seines Mundes Lippen stolz erhöbe:
Ich dient' ihm gern zum holden Zeitvertreib,
Auch wenn darauf mein kurzes Glück zerstöbe. —
Allein, allein auf der Gedanken Schaukel,
Die einzig nur mein wirrer Geist bewegt!
Was soll noch länger dies erregt Gegaukel,
Das nimmer mich zum einen Ziele trägt?
Von außen her hab' ich nicht Hülf' zu hoffen.
Ein jeder Mensch ist einer Insel gleich;
Ihm steht der Weg in's Innere nur offen;
Ein Robinson ist er in dem Bereich. —
Ich habe nicht und werde nicht gefallen,
Am wenigsten durch Witz. Vielleicht, daß nutz
Mir's wär', wenn ich versuchte es mit Putz.
Die Feder auf dem Hut, die lange Schleppe,
Den Puder im Gesicht, die Brauen schwarz gefärbt:

Das bildet zu dem Männerherz die Treppe,
Das ist noch Haut, woraus man Leder gerbt.
So manche hat ihr Glück dabei gefunden;
Sie fesselte und ward geliebt, ja mehr!
Und tändelte sie auch nur flücht'ge Stunden,
War's doch für sie ein glücklich Ungefähr. —
Ich nahm zu ernst das Leben, gleich dem Falter,
Den's ab von lockend süßer Blume drängt,
Zum hellen Lichte zieht, in deß Gewalt er
Sich seine Flügel rettungslos versengt.
Ich schwing' nie wieder auf mich aus dem Moder,
Den dieses Bücherheer um mich ergießt;
Zu hoch für mein Verständniß ist es, oder
Zu schal, um sich zu lohnen, daß man's liest.
Am Ende hängt's nicht ab von Büchereigenschaften;
An mir nur liegt's, wenn ich so trübe schau':
An mir blieb Unlust und Verzweiflung haften;
Drum seh' ich alles grau in grau.
Nur eins der Bücher leuchtet mir entgegen
Wie frische Morgenluft, wie kühler Thau —
Zu meinem Fluche oder meinem Segen?
Ist's rathsam, daß hinein ich schau'?
Mein „Faust", mein täglich Brod, mein Sonntagsschmuck,
Komm' zu mir nieder, öff'ne deine Lippen!
Vom braunen Tranke einen Schluck
Gelüstet mich's zu nippen.
Sein starker Geist, er sänge mich zur Ruh'
Für ewig, schnitt der Qualen Band entzwei.
Ein Labsal wär' er, das im Nu
Mir legte alles Leiden bei,
So Ekel wie Begier. —
Faust! einst was sang ich dir?
Hinauf, ja himmelwärts
Lenkst du die Blicke.
Hinab zum blanken Erz
Geh'n sie zurücke.
Darauf am kranken Herz
Bleiben sie haften,
Durchzuckt vom grausen Schmerz
Der Leidenschaften.

Dann kommt der stürm'sche März
Rühriger Thaten.
Ausklingt's in Himmelsscherz:
„Halten's zu Gnaden!" —
So will ich deinem Beispiel Folge leisten.
Ich darf's; denn wem die Erde nichts mehr beut,
Des Augenaufschlags werth, darf sich erdreisten,
Valet zu sagen ihr, ohn' daß es ihn im Sterben reut.
Ich scheide nicht aus dem Familienkreise,
Den einer Mutter Abgang würd' zernichten.
Ich scheide nicht von Eltern, deren greise
Gelocke mahnten mich an Kindespflichten.
Ich scheide nicht von einer trauten Seele,
Die mich von sich nicht lassen möge,
Die durch den Hintritt nach ich zöge.
Ich scheid' zur rechten Zeit wie Philomele,
Die in die weite Ferne zieht,
Wenn ausgesungen ist ihr Lied. — (Es wird Tag.)
(Ein Giftfläschchen hervorholend.)
Längst trag' ich den Befreier bei mir.
Er ist so leicht, er ist so klein!
Du heft'ger Bändiger, verleih' mir
Entgegenfunkelnd — Sonnenschein!
(Der erste Sonnenstrahl fällt in's Zimmer.)
Den fesselt nicht die Menschenhand; f r e i ruht er nur
Auf Lebensbahnen und auf Todtenflur.
Er ist ein Niederschlag des ew'gen Lichts
Und führt zurück mich in mein dunk'les Nichts.

I. 8.

(Gesang der **Waisenkinder** auf der Straße. Weise: Ein' feste Burg ist unser Gott ꝛc.)

Waisenkinder.

Wir sammeln uns zur Maienfahrt,
Geschmückt mit grünen Zweigen.
Um Eltern sind wir nicht geschaart:

Wir sind nur Gott zu eigen.
Wir sind nur Pfand
In seiner Hand:
Der Lohn soll erst sich zeigen.

Faustine.

Was lenkt mich ab von meinem letzten Plane?
Was zieht zum Ausblick mich dem Fenster zu!
Der Waisen Zug mit seiner blassen Fahne,
Der Unschuld Töne, die verkünden Ruh',
Die hellen Augen ohne Thränen
Der Kinder, die sich glücklich wähnen!
Ich komm' nicht los von ihrer Bahn;
Mich faßt ein menschlich Rühren an.

Waisenkinder (draußen singend).

Wir sammeln ein die Waisengab'.
O Herzen seid uns offen!
Der Händchen Fleiß ist unf're Hab',
Die Wohlthat unser Hoffen.
Reicht unf'rer Hand
Ein Liebespfand
In Stübern und in Stoffen!

Faustine.

All' meine Habe ihrer Noth!
Ich fühl' ein göttliches Gebot.

I, 9.

(**Irma** tritt ein.)

Irma.

O gute Frau, legt in den Beutel
Die Münze für das Waisenhaus!
Es streu' dafür auf euern Scheitel
Das Glück sein volles Füllhorn aus.

Faustine.

Welch lieblich Kind! — Ein Kind! ein Kind!
So ist die Sehnsucht mir gestillet!
In meine Arme her geschwind!
Nun ist mein heißer Wunsch erfüllet!
Das ist's, wonach die Seele darbet!
Ihr eigensücht'gen Pläne starbet.
Ich nenn' dich mein mit diesem Kuß,
Dem Siegel meines Angelobens.
Nun schwelge ich im Ueberfluß
In dieser Welt des eiteln Tobens.
Ich halt' in dir den Anker fest;
So hat es Zweck, hier fortzuleben.
Dem Vöglein gleich, bau' ich mein Nest.
Dich hat der Himmel mir gegeben.
Laß beid' uns knieen, süße, süße Last,
Die du vom Schreckenstode mich errettet hast!

Waisenkinder (draußen singend).

Glücklich, wer die Mutter findet,
Die sich ihrem Kind verbindet!
Selig, wen die Fremde küßt,
Wenn das Heim verloren ist!

Zweiter Aufzug.

II, 1.

Oeffentliche Promenade, auf der, von einander getrennt, feingekleidete junge **Damen** und schneidige junge **Offiziere** lustwandeln. Rechts ein Hausbau, an dem **Maurergesellen** beschäftigt sind und zu dem **Schalk** eben herantritt.

Erste Dame.

Wir ziehen sie uns nach wie auf Kommandowort
Des Obersten, nur mit dem Unterschied,
Daß willig sie hier folgen, während dort,
Wo der Befehl die Truppen nach sich zieht,
Oft innerlicher Fluch sich murrend regt.

Zweite Dame.

Wer ist es nun, der die Armee bewegt?

Dritte Dame.

Für uns auch kleiden sie sich also nett.

Erste Dame.

Gewiß! Und schnüren sich in das Korsett.

Erster Offizier.

Ganz wesplich! Ich beneid' um seine Schlankheit
Das Grazienkleeblatt.

Zweiter Offizier.

Das ist deine Krankheit:

Du suchst in Körperlosigkeit den Reiz,
Verlangest von dem Fleische Geiz.

Dritter Offizier.

Aufheben will er das für spätere Perioden.
Das schlichte Liedchen erst, dann fette Oden.

Erster Offizier.

Sie eilen wie Gazellen hin. Mein bestes Pferd
Blieb da zurück. Ist es nicht staunenswerth?

Zweiter Offizier.

Ja staunenswerth, daß du der Mähre denkst
Bei solchem Anblick und die Damen kränkst!
Sag' lieber, daß sie flögen hin wie Gold,
Das auf der Spielbank zum Gewinner rollt.

Dritter Offizier.

Wir reden wieder von der einz'gen Drei,
Die, wie man sagt, bei uns Gesprächsstoff sei.
Ich speiste lange Zeit durch im Hotel
Mit Kameraden; da war auch zur Stell'
Ein alter Philosoph, ein rechter „Schopenhauer",
Der hörte unserm Reden zu mit Trauer;
Und jeden Tag legt neben sein Couvert
Mit mürr'scher Miene hin ein Goldstück er.
Nach jedem Essen steckt er's wieder ein.
Was mochte nur dabei die Absicht sein?
Ich wurde bös' ob des vertrackten Brauchs
Des immer stumm geblieb'nen vollen Schlauchs;
Und fragte eines schönen Tags ihn keck,
Was mit dem Goldstück hab's für einen Zweck.
Er schaut mich an und spricht: „Herr Leutenant!
Der Armenkasse sei es zugewandt,
Sobald nur Sie und Ihre Kameraden
Von etwas anderem beim Mittagsbraten

Als von den Damen, von dem Spiel und Pferden
Zur Abwechslung je reden werden."
Er grüßt und steckt zu sich den Doppellouisd'or.

Erster Offizier.

Der Schnupftabak kommt etwas stark mir vor.

Zweiter Offizier.

Wir haben drüber unf'rer Damen Spur verloren.

Dritter Offizier.

Seitdem lass' das Civil ich ungeschoren.

(Den bereits abgegangenen **Damen** folgen die **Offiziere**.)

II, 2.

Schalk.

Gesellen! Morgen feiern wir das Richtefest.
Macht heute noch die letzte Schichte fest;
Dann steht das Haus; und gut ist ruh'n
Nach vieler Tage mühevollem Thun.
Ich bin mit eu'rer Arbeit wohlzufrieden.

Die Maurergesellen.

Es sei, Herr Meister, wie ihr uns beschieden!

II, 3.

(**Faustine** — mit **Irma** an der Hand — tritt zum Bau heran.)

Faustine.

Ein neues Heim ist hier entstanden.
Wie labt es meinen frohen Blick!

Es hält nun bald in seinen Banden
Gefestigt das Familienglück. —
Herr Meister, wer denn wird drin wohnen,
Wem wird es sein ein gastlich Haus?

Schalk.

Ein Herr Musarion wird drin thronen,
Der gerne lebt in Saus und Braus.
Er ist ein wunderliches Herrchen,
Noch jung und über's Maß verliebt,
In allen Dingen just ein Närrchen,
Die voller Willkür er verschiebt.
Da seht nur, was er ließ sich schaffen:
Ein sonderbares Herrenhaus!
Mit einem Zwinger für Giraffen
Und einem Käfig für den Strauß.
Schaut, wie die Stockwerk' hoch sich thürmen,
Wie weit die Thür', die Fenster breit!
Gern sieht das Licht hinein er stürmen;
Und auf die Sonne hat er edeln Neid.
Er strahlet selber wie ein Sönnchen,
Und allen Mädchen ist er hold.
Diogenes, in seinem Tönnchen,
Er liebt' nicht mehr der Sonne Gold.
Und nebenbei macht er in Liedern,
Zu seiner Lust nur, weich und kühn.
Der Verse Körper kann er fiedern,
Daß sie in allen Farben glüh'n.
Ihr wißt nicht von dem Stadtbekannten?
In kurzer Zeit trifft er schon ein,
Zu sehen, was ihm hier erstanden.
Laßt euch von ihm gebeten sein.
Voll Anmuth in Gestalt und im Gestalten,
Weiß Damen trefflich er zu unterhalten.

Faustine.

Ein solcher Herr regt Neubegierde.
Ich möcht' zum wenigsten ihn schau'n.

Die Seltenheit dient ihm zur Zierde,
Dazu die Neigung zu den Frau'n.
Ich dank' euch für die gute Kunde
Und mach' inzwischen hier die Runde.

(**Schalk und seine Gesellen** ab.)

II, 4.

(Doktor **Ronober** kommt des Wegs.)

Ronober.

Sieh' Nichte! Geht man hier spazieren!
Es ist doch heut' kein Feiertag.
Ein fremdes Kind noch auszuführen,
Das war sonst nicht nach deinem Schlag.

Faustine.

Es ist das meine worden, Oheim!
Mein Haus war nur ein leer Gefild'.
Jetzt ist es mir ein wahrhaft Frohheim.
Mein Menschenhunger ist gestillt.

Ronober.

Das Studium läßt zur Kinderpflege
Dir Zeit noch, läßt das Herz dir frei?
Ich glaubte, daß in dem Gehege
Kein Raum für Mutterliebe sei.

Faustine.

Die Wissenschaft ist weggekehret
Aus meinem Hause, meinem Kopf.
Das A B C wird nur gelehret;
Ich kämm' die Haare, flecht' den Zopf.

Ronober.

Wie das gekommen, mußt du mir erzählen
Ein andermal; jetzt mangelt mir's an Zeit.
Als Hausarzt will ich dir mich noch empfehlen.
Wo Kinder sind, ist Krankheit auch nicht weit.

Faustine.

Die Medizin ward just euch zum Geschäfte,
Mit dem man jetzt gar in der Zeitung prangt.
Ja, ja, man muß verwerthen seine Kräfte
Und sich erbieten, wird man nicht verlangt.
Ihr wißt, wie ich vom Doktorieren denke:
Ihr kennt von jeder Sehne wohl den Sitz;
Doch fühl' ich Rheumatismus im Gelenke,
So ist es aus mit Hülfe und mit Witz.

Ronober.

Gemach! Wir heilen doch zerbroch'ne Knochen,
Und manche Wunde narben fein wir bei.

Faustine.

Doch wirksam gegen inn're Krankheit Trank zu kochen,
Dazu ist noch der Herd nicht frei.
Ihr leistet viel der Wissenschaft zur Ehre,
Von jedem Nerv kennt ihr die Leitungsbahn;
Allein die Kunst, wie er, im Fall, zu heilen wäre,
Die blieb bis jetzt ein frommer Wahn.

Ronober.

Die Wahrheit sprechen Kinder sowie Narren.
Hier steh'n sie beide; und ich geh' beschämt.
Doch hören sie im Hals ein Hüstlein knarren,
So wird sich schnell zu uns'rer Hülf' bequemt.

Faustine.

Setzt je der Zufall Besseres an eu're Stelle,
Glaubt, so verschwindet ihr vom Schauplatz schnelle.

Ronober.

So geh' ich zu dem Kranken jetzt bedächtig.
Stirbt er inzwischen, war ich sein nicht mächtig.
Doch deine Stiche waren niederträchtig.

(**Ronober** ab.)

II, 5.

Faustine.

Nun freilich kann der Mensch nicht tiefer blicken,
Als sein beschränktes Auge reicht.
Was ich zum Vorwurf euch in vielen Stücken
Gemacht, es trifft Natur noch mehr als euch vielleicht,
Die ihren Heilungsschatz der Aerzte Kunst versagt
Und sich um Lebensrettung rezeptierend wenig plagt.
So komm' ich wieder auf die wunde Stelle:
Wir fahren scheinbar auf dem hohen Meer;
Doch, wie des Schiffleins Wimpel drauf auch schwelle,
Nur in der Pfütze treiben wir einher.
Wir proben aus, was sich in Dunkel hüllt,
Und wissen nicht, was sich zur Stund' erfüllt.
Es sieht auf seiner Uhr, wieviel die Zeit, ein jeder;
Doch diese wird dadurch nicht früher und nicht später.

(Setzt sich mit dem Kinde auf eine Gartenbank.)

So hab' ich oft nach einem festen Punkt
Gesucht in diesem Wechsel der Verrichtung.
Wie stolz auch jedes Lebewesen prunkt,
In seinem Dasein lieget die Vernichtung.
Ein schwanker Grund behindert jedem Schritt
Den sichern Auftritt und dem Aug' die Schärfe;
Des Menschen Leidenschaften wirken mit

Hierbei, auf daß in's Sein sich Schatten werfe.
Nichts zeigt sich dauernd in der Erdenwende,
Als der Natur beständige Vergeudung.
Erst da verlaufen Wandel sich und Ende,
Wo Raum und Zeit verlieren die Bedeutung.
Und da beginnet Gott, der schrankenlos
Das Weltall füllt mit seiner Schaffenswaltung.
Ein Korn ist ihm ein jedes Wesen bloß
Zu der Entwicklung, nicht zu der Erhaltung.
Durch seine Blüthe hat's dem Zweck genügt
Im Schöpfungsraume unter tausend Dingen.
Es streute Samen aus; und umgepflügt
Wird nun sein Boden, neue Frucht zu bringen.
Die Summe bleibt sich gleich im Weltbestand;
Die Posten wechseln unaufhaltsam weiter.
Sie treten ein und aus in dem Verband
Und steigen auf und ab die Stufenleiter.
Im Zirkel dreh'n sie sich zu buntem Tanz
Und tauschen höchstens drin ihr Gegenüber.
Dieweil der eine strahlt in höchstem Glanz,
Wird schon des andern Färbung trüb und trüber.
Wohl stieg der Werth im geistigen Gehalt,
Seitdem das erste Paar sich fand im Eden.
Doch sank dafür die leibliche Gewalt:
Empfindlichkeit ergriff der Nerven Fäden. —
Unendlichkeit! so heißt die freie Sicht,
In der sich alles zeitigt, theilt und bindet,
Die alles herbergt, die die Schranken bricht,
In deren Reich sich alles wiederfindet.
Von ihr sind wir ein Theil, der schlecht'ste nicht:
Ein Stückchen Ewigkeit, moralisch, leiblich.
Das Auge kündet es, das göttlich spricht,
Der Seele voll und lockend unbeschreiblich.
Drum lassen wir's damit genug uns sein
Und diese Erd' geschaffen uns zur Lust sein.
Hüllt einst den welken Körper treu sie ein,
So bleibe doch lebendig das Bewußtsein. —

Da kommt der Mann, der lustig ward geschildert.
Ich dacht' mir das Genie ein wenig mehr verwildert.

II, 6.

(**Musarion** kommt in Burschentracht — aus den 20er Jahren dieses Jahr-
hunderts — auf sein Haus zu.)

Musarion.

Verzeihung, Dame! Schau'n von außen Sie mein Haus?
Geh'n lieber Sie hinein: drin nimmt sich's besser aus.
Von je her liebt' ich nicht, mich zu verstecken.
Die Allgewalt erringen nur die Kecken.
Bei Ihnen will ich Zutritt bald erlangen.
Ich bitt', bei mir es ähnlich anzufangen.

Faustine (aufspringend).

Sie sind von Ueberrumpelung Liebhaber.

Musarion.

In meinem Wörterbuch steht weder wenn noch aber.
Gleich auf das Ziel los, heißt's bei mir:
Ich steh' der Gnädigen zu Dienst dafür.

Faustine.

Ihr keckes Wesen mir gefällt,
Weil mich es köstlich unterhält.
Eröffnen Sie mir Ihres Wesens Schleusen:
Sein Strom wird mich nicht gleich zusammenreißen.

Musarion.

Ich bin ein Musensohn, der aller Orten hascht,
Der froh an jeder Blume nascht
In weitester Peripherie
Und doch den Mittelpunkt verlieret nie;
Im Grund lieb' ich nur e i n e Sie.
Ich ziehe gern Sie ein in meine Kreise.
Dies mein Vertrauen zum Beweise.

Faustine.

Gedrucktes hab' von Ihnen ich noch nichts gelesen;
Doch mir behagt das aufgeräumte Wesen
Als Mittel gegen trüben Sinn,
Dem oft ich unterworfen bin.
Daß Sie auf off'nem Weg mich stellten, imponiert.
Dergleichen war im Leben mir noch nicht passiert.

Musarion.

Verwandtes leuchtete mir gleich aus Ihrem Blick.
Ich fing es auf und stell's nicht mehr zurück.
Sie dichten auch; ich les' es auf der Stirne;
So findet sich zum Apfel rasch die Birne.

Faustine.

Ich hoffe, beide haben rechten Saft.
Nun gut! gebrauchen wir die Kraft
Gemeinsam, stärker noch zu werden,
Als liefen wir auf Vieren gleich den Pferden.
Ich will in Ihrem Umgang mir gefallen.

(Für sich.)

Der Erste, der nicht fürchtet meine Krallen.
Hab' wirklich ich Eroberung gemacht,
Den Sieg errungen ohne eine Schlacht?

Musarion.

Darf ich in etwas Freundschaft mich bewähren,
So wie der Mantel bei zu rauhem Wind,
Wie der Kamin, wenn wir im Winter sind?
Und werd' als Wärmer ich im Haus nicht stören?

Faustine.

Am neuen Wall in Nummer hundert drei
Erscheinen Sie; die Zeit ist einerlei.

(Für sich.)

Ich will mich in was Neuem üben
Und mich in diesen Mann verlieben. —

(Zu Musarion.)

Es wird schon dämm'rig, und die Nacht beginnt.
Ich muß nach Hause mit dem zarten Kind. —

(Ein **Irrlicht** zeigt sich.)

Noch eins! Seh'n dort am Teich im Nebelstreifen
Sie nicht das tolle Irrlicht schweifen?
Bald kommt's uns näher, bald entflieht's.
Jetzt voll in unsre Bahnen zieht's.

Musarion.

Man glaubt, nun mit der Hand es zu erreichen.
Das ist ein ganz besond'res Zeichen.

Faustine.

So dünkt's auch mich. Doch scheiden wir.
Wir wollen seh'n, wem von uns zweien
Sich's werde an die Fersen reihen.

Musarion.

Der Dame folgt's und nicht dem Mann.
Ob drin es unterscheiden kann?

Faustine.

Wie grauslich! Ob ich ihm entrinne dann?
Drauflosgeh'n brächte mir Verderben.

Musarion.

Im Sumpfe sollen Sie nicht sterben.

Fauftine.

Ich fliehe mit dem Kinde. Gute Nacht!

(**Fauftine** mit **Irma** ab. Das **Irrlicht** folgt ihnen.)

II, 7.

Muſarion.

Der irre Schein hat über ſie ſchon Macht.
Drin ſteckt ein böſer Geiſt. Um ſie vor ihm zu ſchützen,
Will ich jetzt Höflichkeit als Schild benützen.
O weh', ich ſeh' nicht Dame mehr noch Schein!
So ſchleich' ich mich bei Innocentia ein.

(**Muſarion** ab.)

II, 8.

Nacht.

Rebenumſponnene Veranda vor Fauſtinens Studierzimmer. Eine Lampe brennt.

(**Fauftine** beobachtet das **Irrlicht**, das zwiſchen den Reben ſchwebt.)

Fauftine.

Mir kommt es jetzt recht leer hier vor,
Seit ich die Bücher weggeräumt.
Sie bleiben ſtets das weite Thor
Zum Eden, wo man ſinnt und träumt,
Der Ringplatz, um den Geiſt zu üben,
Und ließen ſie uns auch dabei im Trüben.
Vergeſſenheit doch deck' das frühere Leben,
Da ich mich der Entſagung hingegeben! —
Das Licht iſt nicht zu ſcheuchen. — Irma ruht;
Ich ſelbſt hab' ſie gebettet auf dem Pfühl.
Mich übermannt das Schlafgefühl;
Doch läßt mich nicht zu Bett' die bleiche Gluth,
Die ſtändig um die Reben zittert

Und mir die Nerven schauerlich umwittert. —
Sing' ich ein geisterbannend Lied:

„Willst du mir's anthun, schlimm Gespenst,
Das du vor meinem Hause brennst
Und eindringst, wie ich Schwäche zeige?
Bist du gesandt von jenen Geistern,
Die gestern ich gesucht zu meistern?
Fort, fort von mir, die du nicht kennst!
Mir ging der Muth noch nicht zur Neige." —

Mir scheint, o fürchterlich! das Licht gewinn' Gestalt.
Es droht und übet aus an mir Gewalt.
Laß jemand sich mit unbekannten Kräften ein,
So wird er bald ihr elend Opfer sein. —

„Meide die Stelle!
Sinke zur Hölle,
Aus der du stammst!
Schwinde, du Schemen!
Ich kann dich zähmen,
Wenn du auch flammst.

Schutzengel bin ich
Emsig und sinnig
Harmlosem Kind.
Keine Gewalten
Kannst du entfalten,
Die wider mich sind." —

Nenn' deine Absicht oder platze hier,
Du Dunst der Hölle, voller Gier!

II, 9.

(Das großgewordene **Irrlicht** verdichtet sich immer mehr zu einer Menschengestalt und tritt dann aus dem hinteren Theile der Veranda plötzlich in bürgerlicher Kleidung und bartlos als das teuflische Genie **Praktinski** in den Vordergrund der Veranda und so auch vor **Faustine**.)

Praktinski.

Was haben Sie für ein entsetzlich Bangen!
Sie halten für den Gottseibeiuns mich.

Ich bin der Athem nur von gift'gen Schlangen,
Durch den des Mondes Strahlung strich.
Beachten Sie, ich kann auch menschlich kommen:
Wir Geister tragen oftmals irdische Livree;
Und fühlen wir uns auch darin beklommen,
Thun wir den Augen dann nicht weh'.
Ich hört' durch Zufall gestern Ihre Schreie
Zu meinen bessern Vettern, pflichtbewußten;
Da trieb's mich, daß ich Ihnen Hülfe leihe,
Weil jene sie verweigern mußten.
Kann meinen Anverwandten Trotz ich bieten,
Geschieht's. Ich liebe nicht den Frieden.

Faustine.

Ihr kommt zu spät. Seit meiner gesterigen Handlung
Ging in mir vor totale Wandlung.
War gestern ich verzweiflungsvoll;
So bin ich heut' vor Freude toll.
Ja solch' ein Umschlag ist wohl zu verwundern!
Ich kenn' in meinem Wesen keinen buntern.
Bei meinesgleichen hab' ich Heil gefunden;
Den Menschen bin ich wiederum verbunden.
Ich war ihr ausgestoß'nes Glied,
Das halb freiwillig, halb gezwungen schied,
Getheilet zu zwei wunden Stücken,
Die wieder sich zusammenflicken
Stört nicht der Seele Heilprozeß,
Den fromme Liebe in der Brust vollziehet
Durch der Gemeinschaft Zaubermacht, indeß
Die Qual der Weltverlassenheit aus mir entfliehet!
Gönnt mir die Seligkeit, die aufgekeimtes Hoffen
Der lang' Gedrücktgewes'nen bietet!
Der Raum der Schöpfung steht mir nun zum Schalten offen;
Ich aber hab' mir ihn beschränkt umfriedet.

Praktinski.

Traut nicht der Sicherheit, die oft betrüget;
Sie ist wie Eis, das, kommt die Sonne, thaut.

Den festen Boden, den ihr vor euch lüget,
Durchwühlet neu der Zweifel schleichend Kraut.
Und eines Tages stürzt vermeinte Herrlichkeit
Zusammen; aus den Trümmern steigt das Leid.

Faustine.

Welch häßlich Bild, das Bild vom großen Wechsel!
Hat denn hienieden kein Gefühl Bestand?
Wird fester Stamm zu Spänen unter dem Gedrechsel
Des nimmermüden Stahls, Veränderung genannt?
Die Dauer suche ich im Glücke; beutst du diese:
So machst die Erde du zum Paradiese
Und bist mein Mann; wo nicht, du armer Teufel,
Laß ab von deinem Balsamsaft-Geträufel!
In vollen Stürzen will ich wild Genuß,
Nicht stündlich einen Löffel voll im Guß.
Die alte Leier kann ich selbst mir schlagen;
Dazu brauch' ich die Seele nicht zu wagen.
Geh' deiner Wege!

Praktinski.

Nicht wirst du mich los
So leichten Kaufs. Ich leg' dir eitel Glück in Schooß:
Den stolzen Ruhm des glänzendsten Erfinders,
Des Blitzbewegung nützenden Begründers
Von neuen Sphären,
In denen alle Dinge sich verklären.

Faustine.

Wie? Was? Das ließ sich, alter Prahler, hören!
Mit deiner Farb' heraus!

Praktinski.

Für heut' will ich nicht länger stören.

Faustine.

Du willst mich auf die Folter zieh'n. Der Köder

Entbehrt des Angelhakens. Dennoch lockt er an.
Der Nächste ist einmal sich selber jeder:
Wohl, so enthüll' mir deinen Plan! —
Der Preis dafür wird stattlich sein!?

Praktinski.

Nur mäßig, klein! Ich handle höchstens ein Gewissen ein.
Doch heute kann ich's nicht. Ich muß zur Satanssitzung.
Ich bin im höllischen Kolleg geheimer Rath.
Doch zählen Sie für späterhin auf Unterstützung.

Faustine.

Was, Teufel, wühlst du mir denn heute g'rad'
In meinem Eingeweid', wo ich doch glücklich war!?

Praktinski.

Ich lock're nur ein wenig das Verlangen,
Damit's in Gleichmuth nicht zu sehr sich setzt.
Wir haben Mangel an Genieen jetzt.

Faustine.

Weßhalb kamst g'rade du zu mir gegangen?
Millionen and're spielten gern in deiner Lotterie.

Praktinski.

Das ist von mir ein eig'nes Unterfangen.
Vielleicht, daß ich verliebt in Sie!

Faustine.

Den Vorhang auf! Genug des Präludierens!
Ich will erfahren gleich, was sich da spielt.

Praktinski.

Ihr seid nicht Freundin langen Zierens.

Doch wie ihr auf das End' auch zielt:
Heut' ist mir selbst der Anfang noch nicht möglich.

Faustine.

Der Teufel gar wird unerträglich,
Wenn eine Seele er verschmäht,
Die schon vor seinem Netze steht.

Praktinski.

Nun, aufgeschoben ist nicht aufgehoben!
D i e Höllenregel bringt uns viele bei. —

(**Sternschnuppen** fallen im Hintergrunde in Menge.)

Praktinski.

Seht der Sternschnuppen Fall ihr oben?

Faustine.

Vollkommen! Und ihr sagt mir frei,
Ob jeder dieser eine abgestürzte Seele sei?

Praktinski.

Dem Himmel wohl entrückt, der Erd' doch zugewendet
Verbleibend mit der Kraft, die sie noch spendet. —
Seht diese feu'rige Kaskade euch noch weiter an,
Bedenkt, wie man sie nützen kann.
Jetzt scheidend, sag' ich weiteren Besuch euch zu.
Für heute geht zur wohlverdienten Ruh'.
Das Kind zu der Beglückung rückte an;
Ich hoffe, daß bald folg' der Mann.

Faustine.

Was geht euch mein Vergnügen an?!
Das sind nicht Dinge, die ein Teufel bieten kann.

Weg, Satan, der den Himmel mir in Aussicht stellt,
Doch immer höllisch nur verspricht, nicht hält!

Praktinski.

Ich dank' für die Entlassung.

(Versinkt im Boden).

II, 10.

Faustine (ihm nachsehend).

In das Grab
Versteckter Wünsche sank er rasch hinab. —
Ich fürchte nicht, daß künftig er mich meide.
Vor dem Erscheinen ist mir nicht mehr bang':
Heut' war er da zur Kurzweil, zum Bescheide;
Ein andermal kommt er zum Seelenfang.
Ich will dabei mich meines Vortheils sichern.
Wer wird zum Schluß von uns am besten kichern?!

(In's Zimmer ab.)

Dritter Aufzug.

III, 1.

Faustinens Studierzimmer, in dem jetzt die Büchergestelle leer sind.

Faustine.

Ich handle gegen eigenes Verbot:
Der Buchhändler, er schickte Neuigkeiten;
Statt sie zurückzusenden, wie gedroht,
Beginn' ich schon, sie aufzuschneiden.
Das ist die Folge von der Langenweile.
O neuer Mentor, eile zu mir, eile!

III, 2.

(Aus dem Boden erhebt sich, weit feiner als das vorigemal gekleidet,
Praktinski.)

Praktinski.

Zu Diensten, unverbesserliche Frau!
Ich machte Toilette, um mich vorzustellen.
Bei Männern nehm' ich nicht es so genau;
Jedoch bei Frauen mag mein Eifer schwellen.

Faustine.

Was thut ihr dick mit solchen Außenseiten,
Die ich schon als Studentin abgelegt! —
Wohl ehrt es, eine Stellung trefflich zu bekleiden;
Doch eitel heißt, wer die Gewandung pflegt.

Praktinski.

Das muß jetzt anders werden. Unsere Erfindung

Bringt uns mit Standspersonen in Verbindung.
Dort sieht man höchlich auf das Kleid, den Titel;
Und unser Zweck, er heiligt alle Mittel.

Faustine.

So willst du mich denn in Gesellschaft führen;
Ich soll Komödie spielen Tag für Tag.
Such' eine and're dir, die dies vermag;
Ich will damit nicht meine Zeit verlieren.

Praktinski.

Gerade dich gebrauch' ich, deren Tiefe
Bis in das Reich der Geister bringt.
Was nützte es, wenn ich nach einer Andern riefe,
Die nicht die Elemente zwingt.

Faustine.

So muß ich's sein; drum will ich drein auch reden!
Mit der Bedingung schließ' ich einen Pakt.
Soll ich mit weben, brauch' ich auch der Fäden.
Beginne gleich mit dem Erklärungsakt!

Praktinski.

Mich dauerte dein dunkles Loos auf Erden,
Da in dir helle Flamme brennt.
Dir soll des Lichtes Fülle werden,
In der sich beispiellos das Irdische erkennt.
Du sollst der Welt die Klarheit spenden,
Worin der Tag die Nacht verschlingt.
Du sollst den Ton nach allen Weiten senden,
Der sonst nur in der Nähe klingt.
Du sollst Entfernungen zusammenrücken
Und weitgetrennte Länder nah' sich zieh'n;.
Die Ozeane sollst du überbrücken
Bis zur der Pole Eisung hin.

Fauſtine.

Ich ſoll das all mit meinen leeren Händen?
Was legſt du Störenfried denn mir hinein?
Vernichten kannſt du wohl der Schöpfung Spenden.
Wie ſollteſt du Erzeuger ſein?

Praktinski.

Ich hab' ja ſeit Jahrtauſenden geſammelt
Des Bernſteins und der Meteore Kraft,
Der Hölle Harzesdünſte aufgerafft,
In Accumulatoren ſie verrammelt
Und ſie durchdrungen mit des Irrlichts Haft.

(**Sternſchnuppen, Irrlichter** und **Harzdünſte** füllen eine Zeitlang in wirrem Tanze die Höhe des Zimmers.)

Praktinski.

Ich ſelber wußte anfangs nicht, wozu denn.
Mich trieb mein Unruhkitzel zu dem Streich.
Wozu ſie nutz', fiel jetzt mir ein im Nu denn:
Die Sterne zu verbinden mit der Hölle Reich!

Fauſtine.

Mir brannte ſchon die Hölle in dem Hirne;
Mein Elend ſah ich nur in ihrem trüben Licht.
Jetzt ſoll ich deine furchtbaren Geſtirne
Der ganzen Menſchheit führen zu Geſicht!?
Nein, Teufel, brat' auch ich in deinen Flammen,
Du ſollſt dazu nicht weitere verdammen!

Praktinski.

Ei, was du faſelſt! L u ſ t i g brennt mein Feuer,
Und unverdächtig funktioniert mein Tonrapport.
Elektriſch Licht, es iſt kein Ungeheuer,
Kein blitzeſprühend Höllenthier voll Mord;
Das Telephon wirkt ſanft von Ort zu Ort;
Kein Donner hallt an ihm als Ruheſcheuer.

Die Menschen seh'n darin nur Lichteffekte;
Sie hören drin nur Wellen eines Schalls.
Die Teufelei, die gleißend überdeckte,
Die Wirkung eines explosiven Knalls,
Kommt erst zu Tage bei dem End' des Alls.
Daß man damit die Schöpfung ihrer besten Kraft bestehle,
Sie ruinier', sieht schaudernd man zu spät erst ein.
Und wenn ich diesen Umstand vor der Welt verhehle,
So kann für dich das kein Verbrechen sein.

Faustine.

Der Lichtgedanke hebt den Sinn mir wieder;
Dem großen Plan kürzt's nichts, daß er vom Bösen rührt.
Die Hölle schlägt sich selbst dabei ja nieder,
Weil mit die eig'ne Kraft zu Markt sie führt.
Millionen wird die Neuerfindung nutzen,
Eh' fühlbar wird, daß sich dabei die Flügel stutzen. —
Was gilt der Spaß? Was zahl' ich dafür ein?

Praktinski.

Nur deine Seele soll mein Lohn einst sein.
Ich werd' sie später allzusehr nicht quälen;
Als Associé kann sie auf Schonung zählen.

Faustine.

Die Seele! Und die schätzt du so gering,
Das tief aufathmende, gewalt'ge Ding,
Das selbst dem Stärksten tiefe Wunden schlägt,
Ein andermal ihn auf zum Aether trägt,
Das unsern Willen täglich neu erregt,
Das die Bewegung stetig aufrecht hält
Und das Bewußtsein bis zum Starrsinn schwellt,
Das eine zweite Welt sich kundig schafft:
Die innerlichste, himmelstürm'nde Kraft!

Praktinski.

Von welcher du nicht weißt, ob sie am Körper hängt,
Ob ohne ihn sie noch zu Thaten drängt,

Ob, nur mit ihm vereint, sie Kraft gebiert,
Ob sie nicht nach dem Tod den Werth verliert.

Faustine.

Um die jedoch der falsche Teufel freit. —
In ihre Zukunft bist du eingeweiht.
Zur Aufklärung doch sicher nicht bereit.
Ob fort sie dauert, sagt die laute nicht;
Und sonst doch ist ihr Ausspruch von Gewicht! —
Die h a l b e Seele setz' als Preis ich ein!
Getheilt ist mir sie so wie so;
Der einen Hälfte werd' ich nimmer froh.
Die and're Hälfte sei und bleibe mein.

Praktinski.

Der Vorschlag dünkt mir gar zu ledern;
Gern schmück' ich mich mit vollen fremden Federn.
Mit Halbheit läßt sich selbst kein Teufel ködern.

Faustine.

Verachte nicht, was ich dir zugesprochen!
Groß muß doch meine Seele sein;
Sonst gingst du nicht auf diese ein.
Doch käme sie vor meinem End' noch in die Wochen —
Denn ihre beiden Theile hör' ich kochen —,
So wären all' die jungen Seelchen dein.

Praktinski.

Ei freilich, seltsam ist schon deine Seele!
Vereint sie doch so Mann wie Weib in sich.
G'rad' deshalb sie zum Eigenthum ich wähle:
Die Hälfte also? Ja, ich binde mich!
Den tollen Streit will ich bei ihrer Theilung sehen,
Wenn einstens es um ihre Erdenzeit geschehen.
Was dir von ihr verblieb, wird dann mir nicht entgehen;
Denn Seelen sind aus untheilbaren Massen,
Die niemals von einander lassen. —

Ich biet' dir außer dem Geschäft noch viele Freuden.
Was zu Gebot mir steht, darfst du vergeuden.
Du sollst erst jetzt ein köstlich Leben führen
Und seine Lust bis in die Nieren fühlen.
Ich selber will das Feuer in dir schüren,
Daß du verlangst, man soll' die Hitze kühlen.
Je mehr du nimmst, um desto mehr ja bist du mein.

Faustine.

In dem Begehren werd' ich wähl'risch sein.
Ich werd' stets Eigenes zu deinen Gaben fügen,
Um dich zuletzt um deine Hälfte zu betrügen:
Sie wird sich an die meine schmiegen.

Praktinski.

Ihr seid ja über mich hinaus verderbt gesinnt:
Der Teufel endigt, wo der Mensch beginnt. —

(Zum Fenster hinausschauend.)

Ich fürchte, ihr bekommet jetzt Besuch.
Ich berg' mich hinter jenes Vorhangstuch.

Faustine (ebenfalls schauend).

Nein, bleibt und fertigt selbst den Sucher ab,
Sobald er euch sein mag'res Schreiben gab.
Es ist ein Fuchs, empfohlen mir; den wohlbelehrt,
Weil meines Einflusses er jetzt entbehrt.
Nehmt diesen Rock und jene Jacke dort,
Und setzt ein Hütchen auf das Haupt.
Ich bin versichert, daß der Fuchs sofort
In euch die Aufgesuchte zu erkennen glaubt.
Ich muß jetzt nach dem Kinde seh'n;
Mir lieget ob sein Wohlergeh'n.

(Ab in's Nebenzimmer.)

III, 3.

Praktinski.

Den Schimpf, den unbeschreiblichen,
Den Teufel zu verweiblichen!
War's nicht damit an meinem Faust genug?!
Auch mich umstricket der Betrug.
Ich will an dem Besuch mich rächen
Und in der Fistel zu ihm sprechen,
Damit an meine Zärtlichkeit er glaubt.

III, 4.

(Der **Fuchs** tritt auf.)

Fuchs.

Sieh an, welch voll bemoostes Weiberhaupt! —
Ich hab' an euch ein bittlich Schreiben,
Das meine Muhme abgefaßt;
Und fall' ich euch damit zur Last,
So wollt mich doch nicht gleich vertreiben.
Reicht eure Zeit nicht aus zur That,
So gebt mir wenigstens doch Rath. —
Ich weiß, daß mit den frühern Wissenschaften
Die Neuzeit gründlich aufgeräumt.
Gelehrtheit soll am Aktuellen haften.
Wer Griechisch und Lateinisch treibt, der träumt.
Die Philologen sind nun kalt gesetzt;
Zur Mythe ward die Archäologie.
Volkswirthschaft, Politik florieren jetzt
Und nicht zum mindesten Soziologie.
Getränkt mit Patriotismus wird Geschichte;
Gefärbt wird sie im gegenwärt'gen Lichte.
Gewinnt sie so doch an Gewichte.
Zumeist gilt sie jetzt nur als Lebenszierde
Wie Kunsthistorie und Poetenschau.
Dafür studiert man voll Begierde

Mechanik und den Wasserbau.
Auch die Naturerkundung hat nicht mehr den alten Flor;
Ein Schüttelfrost ist über sie hereingebrochen.
Haarspalterei thut drin sich jetzt hervor:
Man schätzt nicht mehr das Fleisch; man liebt die Knochen.
O rathet mir doch, welche Fächer
Mir werden sollen Mauerbrecher!

Praktinski.

Mein junger Mann! Ihr wollt die Rollen wohl verkehren;
Ihr steht schon über mir und könnt belehren.
Mit e i n e m Wort, ihr scheint mir schon
In's Wissensleben rücklings eingedrungen.
Das zeigt mir klar der kalte Hohn,
Mit dem zu urtheil'n euch gelungen.
Zwar weiß ich gar nichts von der Vorbereitung,
Die euch seither zum Studium ward —
Maturität giebt keine Unterscheidung —.
Vertraut euch drin der eig'nen Leitung:
Stampft keck den Boden, und auch wie ein Füllen scharrt!
Vielleicht, daß euch gelingt, in Tiefen einzudringen
Und goldverwandte Schätze aufzubringen.
Ein blindes Huhn auch trifft ein Korn:
Dies Sprüchlein sei zum Suchen Sporn.
Doch machet mit den Wissenschaften Kehr',
Sobald euch bleibt der Kopf und Magen leer!

Fuchs.

Vergebens trag' ich nicht die Brille.
Was mir gebricht, das setzen and're bei.
Drum bitt' ich, daß der gute Wille
Der Gönn'rin mir gefällig sei.

Praktinski.

Wohin treibt euch des Geist's Verlangen?

Fuchs.

'ne gute Stellung möcht' ich in der Welt erlangen.

Womit ich Brod verdien', das ist mir einerlei;
Nur daß ein Stückchen Fleisch daneben sei.
Ein Amt erwirbt sich leicht im großen Staate.
Ich zähl' dabei auf Gunst, sogar auf Gnade.
Gern stütze äußerlich ich unsers Fürsten Thron;
Doch eigentlich schaff' ich zu meinem Lohn.

Praktinski.

Zwar geben auch noch Wein die Träber;
Doch um den Flug ist es darin gescheh'n!
Man nennet Leut', wie ihr seid, Streber.
Damit sind wir schon wohlverseh'n.
Sie lernen auch kein Jota mehr, als nöthig
Für ihren Posten ist, und haben ausgestrebt,
Sobald das Glück sich ihnen zeigt erbötig
Und sie in Amt und Würde hebt.

Fuchs.

Das ist mein Fall! So werd' ich denn Juriste.
Ein Kodex macht mir dann die Sache leicht.
Von Anfang an hab' fertig ich die Liste
Von dem, was in der Praxis an mich reicht.
Ein Kanon wird mir, wie dem Kind die Fibel
Und einer frommen Seele deren Bibel.

Praktinski.

Allein der Scharfsinn, dieser Unterscheider!?
Wenn er euch fehlt, so mangelt euch der Schluß.
Die Unterscheidung ist der Weiterleiter,
Der auf die rechte Fährte bringen muß.

Fuchs.

Die Uebung soll mir alles das ergeben;
Ich schwöre nur auf das Gedächtnis eben.

Praktinski.

So schärfet es und füllt damit die Lücken,

Die in euch gähnen, schichtenartig aus.
Ihr baut ein Haus von Anfang an in Stücken,
Das fallen muß beim ersten Windesbraus.

Fuchs.

Ich würde ängstlich, zeigte nicht Erfahrung,
Daß Tausende auch ohne Bindegeist
Es zu Beruf gebracht und Nahrung.

Praktinski.

So bleibet denn im Leben dumm und dreist.

Fuchs.

Das schmeckt nach Grobheit! Doch ich steck' sie ein.
Es wird für mich die einzige nicht sein.
Ein breiter Rücken trägt sie leicht,
Wenn er nur sonst sein nahes Ziel erreicht. —
Ich laß' mein Album hier, wie sich's gebührt:
Vielleicht, daß drin ihr den Besuch quittiert?
In einer Stunde hol' ich es mir wieder.

(Ab.)

III, 5.

Praktinski.

Dir zuckt schon Eigennutz durch alle Glieder.
Du bist der Fuchs, der nach der Traube langt,
Doch, weil sie ihm zu hoch gehängt, erbangt
Und sie für sauer ausgiebt, drauf dem Huhn
Den Hals umdreht und es verspeist im Ruh'n. —
Ich fürchte sehr für kommende Geschlechter,
Wenn dieser Jahrgang zum Gebrauch gelangt:
Der Spiritus wird durch das viele Bier stets schlechter,
So daß mir vor dem neuen Regimente bangt. —
Es poltert auf dem Gang. Wer will herein?

III, 6.

(**Musarion** tritt ein.)

Musarion.

Ein eingelad'ner Gast. (Praktinski erblickend.)
          Das wird die Muhme sein.

Praktinski.

Nur näher, Herr! Soll euch ich auch weissagen?
Darf ich nach des Besuches Absicht fragen?

Musarion.

Sie geht nicht weiter, als bis zu den Schranken,
Die mir des Hauses weise Ordnung setzt.

Praktinski.

Ja sicher! Denn wer diese frech verletzt,
Deß Hiergeduldetsein geräth in's Schwanken.

Musarion.

Fräulein Faustine möcht' ich sprechen g'rade.
Die gnäd'ge Frau vermittelt gütig das Begehr.

Praktinski.

Zum Teufel wünschte ich die Maskerade,
Wenn sie nicht leider schon am Teufel wär'.
Ich bin nicht das, was ich jetzt scheine.

Musarion.

Das ist das Loos, das allgemeine;
Den Einen nimmt man höher, als er steht,
Dieweil der Bess're für den Schlechtern geht.
Ich geb' mich nur für einen Taugenichts.

Praktinski.

Nicht an Bescheidenheit dem Herrn gebricht's.
(Die Weiberkleider abwerfend.)
Und ich bin, kurz gesagt, der Teufel.

Musarion.

Das ist des Irrlichts Konzentrierung,
Des Schimmernebels Irreführung!
'ne Ueberraschung mir, ganz ohne Zweifel,
Und namentlich in dem Gewand,
Wie ich den Unersättlichen hier fand.
Was sucht ihr hier? — Was soll ich danach fragen,
Da mir es eu're tück'schen Blicke sagen? —
Ihr seid das einzige erschaff'ne Wesen,
Das mir noch nicht begegnet auf der Lebensbahn;
Denn selber Hexen mit dem Besen
Und Engel, wirklich auserlesen,
Traf ich auf meinen Streifen an.
Ich freu' mich drum, den Satan zu begrüßen,
Den raren Umgang mit ihm zu genießen,
Hab' ich auch keinen Pakt mit ihm zu schließen.
Ich selber bin so eine Art von Gottseibeiuns;
Zum mind'sten fühl' ich diabol'schen Sinn.
Doch die Verwandtschaft nicht entzwei' uns,
Weil ich doch einmal eu'res Wesens bin.

Praktinski.

Ihr gehet sicher aus auf Liebesabenteuer;
Nur kommt dabei nicht in's Gehege mir.
Verpufft an andern Orten euer Feuer;
Kontraktlich zugesichert ist mir dies Revier.

Musarion.

Habt meinetwegen keine Furcht: nur Langeweile
Und Neugier trieben mich hierher.
An meine Bildung lege ich die letzte Feile:

So wollt' ich seh'n in aller Eile,
Was bei dem Fräulein noch zu nutzen wär'.
Ich nenne längst schon mein die warme Hütte,
Worin das Liebchen weilt, das harret mein.
Verstoß wär's gegen jede gute Sitte,
Wollt' Zweien man zugleich gefällig sein.

Praktinski.

Das Beieinander macht euch einzig Bangen;
Das Nacheinander übt ihr aber froh:
Mit euch ist erst kein Handel anzufangen:
Ihr seid in Teufels Krallen so wie so.

III, 7.
(**Faustine** erscheint aus dem Nebenzimmer.)

Faustine.

Ha! welch' Gemeinschaft hat sich da gestaltet?
Musarion hier, vom Irrlicht schon umwaltet!

Musarion.

Ich kam, weil ihr es eben mir erlaubt,
Weil sicher ich euch hier allein geglaubt;
Und finde euch vom Bösen schon umstricket.
Kam früher ich, wär' Rettung noch geglücket.

Faustine.

Ihr wißt ja nicht, wie ich zu jenem steh'.
Ich könnte sagen ihm: Verräther, geh'!

Praktinski.

Nun freilich muß man aus der Schul' nicht schwätzen!
Auch will ich nicht die Höflichkeit verletzen.

Vollbracht ist mein Geschäft für diesen Augenblick;
Mit Anstand zieh' ich mich zurück.

Faustine.

Noch kurze Zeit verweilt, ich bitte:
Ich hör' von draußen her schon wieder Schritte.

III, 8.

(Der **Fuchs** tritt ein.)

Fuchs.

Ich komme auf des Windes Sohlen,
Um mir das Album abzuholen.
Hat man es mit dem Spruch versehn'?
Doch welch' ein Wunder ist gescheh'n?
Die Alte ward zu einer Jungen.
Wie ist die Wandlung nur gelungen!
Und Zweie stehen ihr im Studium bei.
Da glaube einer nicht an Hexerei!

Faustine.

Wir hatten Wichtiges zu thun, mein Lieber!
Da ist das Schreiben unterblieben.
Doch reicht das Album mir herüber,
Und gleich sei euch was eingeschrieben.

Fuchs.

Mit Freuden!

(**Faustine** schreibt und giebt dann dem Fuchs das Album.)

Fuchs (liest).

„Lasse deine Augen offen sein,
So wie dem Licht das Fenster;
Sonst schleicht sich Täuschung bei dir ein,

Und du siehst nur Gespenster!
Du gehst so blind hinaus, wie du genaht.
Ich weiß dir keinen bessern Rath." —
Ward' ich gefoppt? Werd' ich euch zum Gelächter?

Praktinski.

Mein Sohn verwechsle niemals die Geschlechter,
Nicht im Verkehr, nicht in der Grammatik;
Sonst wirst im ganzen Leben du nicht flügg'! —
Komm' mit mir! Unterwegs erklär' ich dir,
In wessen Hände du gefallen hier.

(**Praktinski** und **Fuchs** ab.)

III, 9.

Faustine.

So sind wir endlich denn allein,
Und nichts steht zwischen uns, das schiede.
Nun laßt uns recht vertraulich sein,
Und nehmt bereit, was ich euch biete.
Ich fühl' für euch seit der Sekunde heiß,
Wo wir an euerm neuen Heim uns trafen,
Wo unter warmer Asche leis'
Die Flamme an zu züngeln fing
Und auf in lohend Feuer ging.
Erwidert meine Lieb' mit Fleiß;
Und wollt nicht meinen Eifer strafen.
Ihr seid das Lied, von dessen Klang
Die Seel' zum erstenmale ward erschüttert;
Setzt fort den süßen Schmeichelsang,
Der noch in meinen Pulsen zittert.
Erhöret meinen Lockeruf!
Habt mit dem heißen Drang Erbarmen!
Des Weibes herrlichsten Beruf
Find' ich erregt in euern Armen.

Musarion.

So schnell nicht, fiebernde Sirene!
Ihr macht den kühnsten Helden scheu.
Wahrhaftig, diese grelle Scene
Ist so erstaunlich mir wie neu!
Euch hat der Teufel voll umsponnen.
Doch lösch' ich eu're helle Gluth.
So hurtig werd' ich nicht gewonnen;
Ich hab' zum Widerstand noch Muth. —
Sie setzt es kühner fort, als ich begonnen.

Faustine.

Ihr müßt an meiner Brust erwarmen!
Fühlt's, wie die Schläfen brennen heiß!

Musarion.

Es zischt. Der Strahl fiel auf das kalte Eis.
In solchen Dingen kenn' ich kein Erbarmen.

Faustine.

So hab' vergeblich ich gefleht,
In euch versehen mich? Mein alt Geschick!
Sobald mein Meer in Wogen geht,
Kehrt jedes Schiff zum Port zurück.
Ich faß' in keine Segel, wie der Sturm,
Der Mann und Ladung reißet mit.
Ich bleib' der arme Erdenwurm,
Der sich verkrümmet vor des Abscheu's Tritt.
Zum Lindwurm werd' er, der verlangt nach Blut.
Thor, fühle meine ganze Wuth!

Musarion.

Ihr schreckt und dauert mich. Vernehmt,
Ich kann euch nimmer Lieb' erweisen;
Mein voll Gefühl dahin erströmt,
Wo Arme schon mich froh willkommen heißen!

Ein Mädchen, wonniglich und gut,
Es harrt auf meiner Lippen Küsse;
Es hält mein Herz in frommer Hut,
Auf daß dies treu ihm bleiben müsse.

Faustine.

Unsel'ger! In den Schatten stößt du mich zurücke;
Und doch lebt' ich im schönen Wahn,
Die holde Blüthezeit fing' für mich an.
Verlocker! Deinen Mordstahl zücke,
Und laß' mich sterben. Ich ertrag'
Nicht des Verlustes herben Schlag.

(**Faustine** sinkt ohnmächtig nieder.)

Musarion.

Ihr nahmt ein flüchtig Spiel für heil'gen Ernst.

(Für sich.)

Zeit ist's, daß du dich nun entfernst.
Mein heit'rer Sinn, mein leicht Geblüt
Scheu'n jedes tragische Gebiet.
Ich nutz' die Ohnmacht zum Entflieh'n:
Der Teufel giebt ihr schon dagegen Medizin.

(**Musarion** ab.)

III, 10.

Faustine (die sich erholt und aufsteht).

War es ein schlimmer Traum, der mich erschreckte,
Drin mich ein Dämon auf die Folter streckte?
Ich fühl' die Schauer noch in meiner Brust.
In tiefste Pein fiel ich aus höchster Lust.
Ist denn ein Dränger nicht für mich genug,
Der mir den schwachen Geist umnebelt,
Muß ich, von einem zweiten auch geknebelt,

Vergehen in der Hölle Trug?
Wo floh er hin, der Hassenswerthe,
Der trotz der angethanen Schmach Begehrte?

III, 11.

(**Praktinski** tritt in feinstem Anzuge auf.)

Praktinski.

Wie treff' ich euch? Gebadet ganz in Thränen!
Und will euch führen zu dem Spiel der Lust.
Die Haare hängen los in straffen Strähnen
Und röchelnd läßt vernehmen sich die Brust!
Was hat der Schalk verübt, als ich nicht hier war?
Was habt inzwischen ihr von ihm verlangt?
Ich fürcht', daß euer Sinn in voller Gier war
Und ihr die Leidenschaften nicht bezwangt.
Ihr rechnet nur mit Exponenten
In Lust und Schmerz: Nie bleibt ihr bei der bloßen Zahl.
Laßt's bei dem Einfachen bewenden;
Die Steig'rung bringt beständig Qual.

Faustine.

Fragt nicht nach dem, was eben vorgefallen:
Ich hab' verloren, ehe ich besaß.
Er ließ von mir, der Schändlichste von allen,
Im Augenblick, wo ich vom Druck genas.
Es trieb mein Herz die wundervollste Blüthe;
Da stieß er in den Abgrund mich, wo es zerschellt.
Zum bittern Haß ward meine Himmelsgüte,
Zum tiefsten Dunkel meine ros'ge Welt!

Praktinski.

Wer hieß dir, zweien Herrn zugleich zu dienen,
Zu lieben, eh' ich dich noch präpariert,
Eh' Reize ich gelegt in deine Mienen,

Zu sechzehn Jahren dich zurückgeführt.
Jungbrunnen muß erst wieder frisch dich waschen,
In dir erzeugen der Verlockung Kraft:
Dann kannst du erst vom Liebesbäumchen naschen,
Dann bleibt der Herzensknoten erst in Haft.
Ich selber liebe Jugendfrische;
Und ihren Zauber an der Quelle tische
Ich reich dir auf zum Nichtverblüh'n,
Unwandelbaren Immergrün.

Faustine.

So was vermöchtest du, gefall'ner Held!?
Dann ist es mit mir wohlbestellt!

Praktinski.

Gewiß! Zum Ritt dahin nun spute dich vermessen!
Altweibermühle will zudem ich nicht vergessen;
Schnell geht die Wandelung dort vor.
Drauf wirst du, was der Weiber Wunsch, g e f a l l e n.
Doch erst noch in der Frauenkneipe Hallen!
Dort trägt begehrungsvoller Chor
Dir laut die neu'sten Wünsche vor.
Ich witt're seine Nähe schon:
Sie heißen Frau'nemanzipation!

Faustine.

Das wird pikant gewiß, ich wette.
Ich mache rasch dazu noch Toilette.

(**Faustine** in's Nebenzimmer ab. **Praktinski** schaut ihr überlegen schel-
misch lächelnd nach.)

Vierter Aufzug.

IV, 1.

Nacht.
Studentinnenkneipe mit Gasbeleuchtung.
(Führiana, Klettina, Magrona, Sattilka, welche Thee trinken.)

Führiana.

Von unf'rer Hörbarkeit . . .

Klettina.

Von unf'rer nicht,
Von Hörbarkeit der Frau'n im allgemeinen,
Wie auf der Erde Tafel sie erscheinen . . .

Magrona.

Still, Splitterrichterin! Führiana spricht.

Führiana.

Die Hörbarkeit erinnert an die Zeiten . . .

Sattilka.

Wo Eva kochte und „wo Bertha spann".

Klettina.

Sie konnten noch nicht sittsam Thee bereiten
Dem eig'nen Gaumen und dem dreisten Mann.
Aesthetik würzte nicht den schwachen Trank.

Magrona.

Doch gab's in grauer Zeit schon Mutterrecht;
Wir lagen noch nicht auf der Marterbank.
Der Vater ward geduldet nur als Mann;
Und dünkte er der Hausfrau für zu schlecht,
Verstoßen ward er unerbittlich dann.

Führiana.

Seht, unser Recht datiert aus weiter Ferne,
Als man dem Triebe der Natur noch folgte gerne;
Nicht erst von heut' ist uns're Forderung.
Wir wollen es gebrauchen lernen:
Das Schicksal liest man aus den Sternen;
Der Stachel giebt dem Renner Schwung.

Sattilka.

Ja, unser Hirn ward für zu klein befunden,
Um uns're Gleichberecht'gung zu bekunden:
Die Männer machten diese Taxation.

Magrona.

Nur darauf kommt es an, wievielmal es gewunden;
Doch das Gewicht allein! es klingt wie Hohn!

Klettina.

Wie kam es, daß wir wurden Unterdrückte?
Es rührt von der verdammten Galant'rie,
Mit der der Gegner uns entgegenrückte,
Die vom Rivalen uns entzückte.
Ich nahm den Dreck für baare Münze nie.

Führiana.

Sehr richtig! Ich verlange nicht besondere Behandlung
Vom Manne in dem Umgang mit der Frau.
Ist er nur offen und im Wesen ohne Wandlung,
Nehm' mit der Höflichkeit ich's nicht genau.

Sattilka.

Mit dieser leeren Form uns abzuspeisen
Und uns're Rechte zu entreißen,
Gewaltakt war's vom Mann und Hungerleiderei.
Wir wollen ihm dafür die Zähne weisen:
Sind wir doch von dem Maulkorb frei!

Magrona.

Die Universitäten steh'n uns offen;
Die Fakultäten sind gewillter uns als je;
Und wird von uns auch wen'ger Bier ge — trunken
Als vom Studenten, labt uns doch der Thee.
Schmückt sich der Bursche mit den bunten Bändern
Und zeigt er gerne sich in vollem Wichs,
So können wir die Eitelkeit nicht ändern;
W i r glänzen äußerlich durch nichts.

Klettina.

Schönheit, Geschmack und Eleganz sind bei uns selten;
Viel Häßlichkeit trifft man in unserm Bund.
Die Schönen haschen nach den Schnurrbarthelden;
Den Andern prangt der Bart am eig'nen Mund. —

(Singt.)

„Wie sich der Mann den Schnurrbart dreht,
Das müssen wir noch lernen.
Ist erst auch uns're Brust besät
Mit Orden und mit Sternen,
Und werden wir geheimer Rath
Und Vorstand bei dem Physikat:
Dann wächst uns das gewalt'ge Haar
Auch auf den glatten Zähnen gar.
Und einzig feine Platte
Behält der Aemtersatte.

Erscheinen erst wir in dem Frack
Und köstlichen Talare:
Dann stecken wir den Mann in Sack
Als längst vergriff'ne Waare.

Dann mag er zart um Gnade fleh'n
Und reuemüthig in sich geh'n.
Wir sitzen strenge zu Gericht
Und seine Buße rührt uns nicht.
Dann steht er wie ein Stoffel
Recht unter dem Pantoffel."

Magrona.

Schad', daß der Zeit du vorgegriffen!
Das Richtschwert ist noch nicht geschliffen.
Dieweil das Eisen wächst im Grunde,
Führ'n wir noch frommen Thee zu Munde.

Klettina.

Was! Zweifelst du an unserm Siege?
Wir führen mit dem Maule Kriege.
Und eh' ein Mann mir stopft den Mund,
Muß untergeh'n das Erdenrund.

Führiana.

Du renommierst auf starke Weise.
Man sah dich gestern auf den Höh'n
Mit einem flotten Manne geh'n.
Ihr kichertet zusammen leise.

Magrona.

Das war mein Vetter, den ich putzte.
Ich trat ihn nieder wettergleich,
Obwohl es mir nur wenig nutzte;
Er ist nicht g'rade windelweich.

Führiana.

Das kann zur Ausred' jede sagen.
Dein Herz an seinem hat geschlagen.
Seid vor ihr auf der Hut nur alle:
Sie stellt uns sonst noch eine Falle!

Magrona.

Nun ja, ich lieb'! Ist das Verbrechen?
Wollt allen zarten Umgang ab ihr sprechen
Mit Männern, wie es euch gefällt,
So stirbt bald aus die ganze Welt.

IV, 2.

(Der **Fuchs** tritt auf.)

Sattilka.

Was heißt denn das? Da nahet flugs
Des Weges her ein „krasser" Fuchs.
Den wollen wir nicht wenig foppen. —
Gelüstet euch vom Bier ein Schoppen?

Fuchs.

Ja, den erwarte ich recht baldig:
Der Durst verzehret mich gewaltig.

Sattilka.

Hier ist noch niemals Bier geflossen:
Wir sind im Abstinentenhaus;
Das schließt die Spirituosen aus.
Champagner nur wird hier genossen;
Doch muß ihn eig'ner Geist erzeugen.
Ist ein Atomchen euch davon zu eigen.

Fuchs.

Ich kam nicht her, um mich zu reiben,
Wie leicht könnt' draus ein Brand entsteh'n!
Das kann ich mit den Büchern treiben.
Beruhigt, erquickt will ich mich seh'n.

Klettina.

So setzt euch in die Hinterecke
Gelassen auf den Stuhl und — theet.

Doch wickelt euern Kopf in eine Decke,
Damit ihr nicht zu uns herüberseht.

Fuchs.

Ihr scheinet mit mir Streit zu suchen.
Allein ihr bringt mich nicht in Schwung,
Mit euch vermag man nur zu fluchen;
Ihr gebt ja nicht Genugthuung.

Klettina.

Thut euch nur selber Vollgenüge,
Und packt euch, wo ihr hingehört.
Vollbringt dort eu're vollen Züge,
Wo Witz euch nicht, noch Frohsinn stört.

(**Fuchs** setzt sich abseits hin.)

IV, 3.

(**Faustine** und **Praktinski** treten in Reisekleidern auf.)

Praktinski.

Ihr sollt von den Kommilitonen
Nun Abschied nehmen ohne Weh.
Um ihren schwachen Kopf zu schonen,
Genießen sie chines'schen Thee.

Führiana.

Faustine, du, in uns'rer Mitte!
Was führt dich Stolze bei uns ein?
Es war doch sonst nicht deine Sitte,
Genossin unsers Klubs zu sein.

Klettina.

Und wer gar ist denn dein Begleiter!?
Du gingst doch immer männerlos.

Dem Anschein nach ist er ein Damenschneider,
Am End' dazu noch ein Franzos!
Wie fest ihm Rock und Hosen sitzen!
Drin kann er einzig aufrechtsteh'n.
Der wird dir nicht den Kopf erhitzen
Und bald allein zur Ruhe geh'n.

Praktinski.

Ich will das lose Maul dir stopfen,
Die meine Würde so verkennt.
Dir wird erst dann das Herzchen klopfen,
Wenn meine Hoheit dir sich nennt.

Klettina.

Danach schon meine Neugier brennt.

Praktinski.

Verkennen Sie mich nicht, geehrte Damen!
Ich bin Verfechter Ihrer edeln Sache;
Zwar noch ein neues Bild für Ihren Rahmen,
Beachtenswerth doch in der Mache.
Ich bin kein Freund der Offensive
In Ihren vielbesproch'nen Rechten.
Beschränken Sie Sich auf die Defensive:
Sie werden schnellern Sieg erfechten.

Sattilka.

Willkommen uns als Förderer des Guten!
Allein mit Ihrem Rath sind schlecht wir dran.
Wir suchen den Erfolg im Sputen;
Sie doch empfehlen Stillstand an.

Praktinski.

Auf welche Weise: hören Sie mir zu!
Gar vieles treibt, was stille scheint zu steh'n.
Die Erde wandelt weiter ohne Ruh':

Und doch hat niemand sie noch laufen seh'n.
Schaut man das Wachsen gleich in der Natur?
Passiv erscheint der Baum, die weite Flur.
In dieser Art denk' ich die Defensive:
Man wacht und thut nur so, als ob man schliefe.
Packt doch das Uebel bei der Wurzel an;
So ist schon für die Heilung viel gethan:
Ihr streikt! Den Männern, die an euch sich arg versündigt,
Sich ungleich in die Welt mit euch getheilt,
Sei ohn' Verzug der Dienst von euch gekündigt,
In dem so lange rechtlos ihr verweilt.
Kein Händedruck, kein Kuß darf fürder sie beglücken,
Kein Liebesdienst erwiesen ihnen sein!
Begehren sie etwas, so weist den Rücken;
Mit einem Worte, lasset sie allein.
Und wollten auch sie Schirm und Mäntelchen euch tragen
Auf dem Spaziergang, einem Diener gleich,
So müßt versagen beides ihr und tüchtig schlagen
Auf eine Hand, die an Vergeh'n so reich.
So macht ihr sicher schnelle sie nachgiebig.
Den Preis für neue Gunst setzt ihr beliebig. —
Macht für die frische Lehre Propaganda!

Führiana.

Kolumbus rief vor Guanhani: Land da! —
Vorzüglich! bravo! neuer Herr Professor,
Den anfangs haben schändlich wir verkannt!
Uneigennützig öffnen Sie den Tresor.
Wir reichen Ihnen für die Gunst die Hand.
Ja solch ein Mann dient unserem Geschlechte!
Faustine, auch für uns wär' er der Rechte!
Bring' öfters ihn hierher in den Verband!

(Will Praktinski die Hand reichen.)

Was Teufel! Habt ihr Krallen an der Hand?

Faustine.

Ihr ahnet nicht, wer hier euch predigt.

Praktinski.

Die langen Nägel zieren unsern Stand. —
Hiermit wär' mein Geschäft erledigt.

Klettina.

Ihr müßt uns manches weiter sagen,
Was fruchten kann in schweren Tagen.
Ein Born von solcher Lauterkeit
Fließt selten nur in unf'rer Zeit.

Faustine (für sich).

Er übertüncht geschickt des Innern Schwärze.

Praktinski.

Sie reden so wohl nur im Scherze!
Ich kann bloß Leiter dessen sein, was sich in vielen
Gehirnen regt und sich zum Ausgang drängt,
Nur Lenker zu den großen Zielen,
Woran der Menschheit Grübeln hängt,
Zur Wallfahrt nach den großen Götzen,
Die bald erheben, bald entsetzen.

Faustine (für sich).

Wie er bescheiden thut und zahm!
Auf Tigermilch der zarte Rahm!

Praktinski.

Das Oberste in der Natur und in dem Leben
Ist das Gesetz, das Ordnung uns erhält.
Für jene ist's von Urzeit her gegeben;
Für dieses ward's vom M a n n e aufgestellt.
Nun blicket hin, wie ihr dabei gefahren!
Nicht über euer Eigenthum könnt frei ihr schalten.
Ihr dürft es euch nicht selbst bewahren;
Der Mann zumeist muß es der Frau verwalten.

Ob er dazu die Fähigkeit besitzt,
Wird erst erkundet, wenn es nichts mehr nützt.
Den Brunnen deckt man zu erst, wenn das Kind ertrank;
Ich sag' euch, das Gesetz ist krank.
Es stürb' am besten; es ist ein Herodes,
Der selbst sich schützt, geh'n and're auch des Todes.

Sattilka.

Vortrefflich! Das wird festgenagelt!
Einseitig Recht, das einfach ab uns fragelt!

Praktinski.

Und auch ein wunder Punkt ist euere Erziehung:
Zum Schäfchen werdet ihr von vornherein bestimmt,
Das recht bescheiden nur das Futter nimmt,
Das ihm der Stier gelassen zur Bemühung. —
Ein Vorhang muß euch frühe schon umgeben,
Der euerm Blick die Fernbeziehung raubt.
Von Engeln glaubt ihr eu're enge Bahn umgeben,
Dieweil ein Teufel euern Geist zurückschraubt.
Kein Wunder, wenn euch fehlt das Disponieren!
Die U e b u n g nur lehrt Geistestruppen führen.
Unkenntniß nimmt der Mann für Unvermögen:
Zur Leitung sei die Frau allzu beschränkt.
Wie soll das Weiterdenken sich denn regen,
Wenn nie des Hirnes Knospe wird gesprengt,
Wenn mit dem Nächsten nur ihr flach verkehret,
Wenn euch der zagste Schritt aus euch nicht wird gestattet,
Brutal euch die Entfaltung wird verwehret
Und nur erlaubt, daß ihr euch gattet?

Klettina.

Den Streik! den Streik! O, Wasser auf die Mühle!
Ihr sprecht in lapidar'schem Stile.

Praktinski.

Verkünstelt nicht! — Der Mann glaubt über euch zu steh'n!
Doch auf die Probe, ob's so wirklich sei, geht er nicht ein.

Jahrtausende hat er verzieh'n sich seh'n,
Eh' er auf seinen jetz'gen Standpunkt sich erhob.
Bei euch soll es im Handumdrehen sein.
Erinnert man ihn dran, so wird er grob.
Ja, Bauer, das ist sehr verschied'ne Sache,
Ob du es oder ich es mache!
Gönnt jemals der Gewalthaber euch Macht
Zu der Entscheidungsschlacht, sei der Beweis erbracht,
Daß ihr ihm gleich an Fähigkeiten seid.
Erliegt ihr drin, galt doch Gerechtigkeit.

Faustine.

Ja, schlagt nur eu're Weiblichkeit in Stücke:
Der Hahn wird stetig vor der Henne flügge!

(Zu Praktinski.)

Ihr habt nun wohl genug gerührt
Und Gift in Fülle eingegeben.
Wenn diese Lockung sie noch nicht verführt,
So keimt in ihnen nie der Freiheit Leben.

Praktinski (zu Faustine).

Du kennst die Leutchen schlecht! Kapitelfest
Ist keine drunter: Wenn der Rechte käme
Und schmeichelnd sie beim Schopfe nähme,
Sie alle folgten in sein warmes Nest. —
Nehmt nicht an eu'rer Seele Schaden:
Der Teufel ist's, der euch berathen!

(Fliegt mit Faustine dem Ausgang zu: beide verschwinden.

IV, 4.

Führiana.

O Schrecken! — Ist das Böse mit dem Guten so verknüpft,
Daß es mit ihm in wirrem Tanze hüpft?
Lernt zwischen diesen Polen beiden
Das Menschlein niemals unterscheiden?

Fuchs.

Ich schaute ein Theaterstück hier unentgeltlich:
Romantik kenn' ich nicht; dafür bin ich zu weltlich.
(**Alle** ab.)

IV, 5.

Die Altweibermühle mit der Inschrift: „Der Frühling schließt sich an
den Winter an".

Die drei Müllerburschen.

Der Erste.

Hier das Geschäft geht herzlich schlecht,
Seitdem die Männer nur auf Geld und Kleider seh'n
Bei ihren Heirathsplänen.

Der Zweite.

Ist mir eben recht!
Da können wir spaziergeh'n.

Der Dritte.

Ich bin noch neu in der Verrichtung.
Wie geht die Wandelung denn vor?
Ich hielt sie sonst für Märchendichtung.
Jetzt habe ich ein gläubig Ohr.

Der Erste.

Das ist sehr einfach; sieh das Loch dort oben:
Das nimmt das alte Weibsbild auf.
Von uns wird es hineingeschoben,
Von uns das große Rad geschroben;
Dann geht die Mühle ihren Lauf;
Und unten kommt verjünget und verschönt,
Im vollsten Ebenmaß der Glieder,
Mit unvergleichlich holden Mienen,
Wie man sie an der Alten nicht gewöhnt,
Die Umgewandelte zum Vorschein wieder.

Der Zweite.

Auch mir hatt' einst unmöglich es geschienen.

Der Dritte.

Und giebt's darin ein groß Geklapper?
Hält die Person ein lang Geplapper?
Wie ist die Einrichtung beschaffen?
Darf ich in's Loch hinein wohl gaffen?

Der Erste.

Da siehst du nichts als dunkeln Raum.
Das Licht des Tags getraut sich kaum,
In's Zauberding hineinzubringen;
Es droht die Strahlen zu verschlingen.
's ist wie beim Menschen! Man sieht nur den Vorgang,
Nie doch den Puppenspieler hinter'm Vorhang.

Der Dritte.

Doch was kann solche Wunderwirkung bringen?

Der Erste.

Da fragst du Naseweis zu viel.
Ich setz' nicht meinen Dienst auf's Spiel.
Der Herr allein weiß um die Sachen.
Soll ich mir Kopfzerbrechen machen?
Vielleicht beim Putzen finden wir zum Topf den Stiel.

Der Zweite.

Drin müssen starke Geister wirken
Aus unterirdischen Bezirken!

Der Dritte.

Gebraucht der Herr nicht Zauberkünste?
Umgeben ihn nicht Nebel, Dünste?

Der Zweite.

J freilich sagt er Hexensprüche
Und holt Essenzen aus der Küche!

Der Erste (zum Zweiten).

Du, Jokel, halte deinen Mund;
Sonst geb' ich dich dem Meister kund!

Der Dritte.

Natur wirkt mächtig im Geheimen
Und läßt viel frisches Leben keimen. —
Nur Weiber bessern hier ihr Loos?
An Männern ist die Mühle wirkungslos?

Der Erste.

Ich hab' an mir noch niemals sie versucht.
Nur Weiber treiben ja die Frucht. —
Dort kommt ein Paar zu uns gegangen.
Das Weibchen hat wohl heiß Verlangen.

Der Zweite.

Sein Führer ist ein guter Kunde,
Wenn nicht gar mit dem Herrn im Bunde.
Wie seine Augen um sich stechen?
Er ist das Urbild eines Frechen.

Der Dritte.

Nun werde ich leibhaftig sehen,
Welch' große Wunder hier geschehen.

Der Zweite.

Wär' nur der Meister schon zugegen,
So könnten gleich wir in's Getrieb' sie legen.

IV, 6.

(**Faustine** mit **Praktinski** treten in Reisekleidern auf.)

Faustine.

Der Winkel hier ist der Verjüngungsort!? —
O schaffe mehr mir als die Jahre fort,
Die noch nicht sonderlich mich drücken!

Schaff' Luft mir in dem Busen, daß ich frei
Nun endlich athmen kann, wo ich auch sei!
Schaff' mir die Lust am Lebensgang,
Die nie noch durch die dichten Poren drang,
Die ich von innen mir nicht bringe bei!
Schaff' mir zum Menschenanschluß Hang,
Damit mir im umdüsterten Gehirne
Begierd' erwache wie der jungen Dirne
Im Arm des Tänzers, der sie feu'rig schwingt!
Wenn dir dies Kunststück nicht gelingt,
So laß mich aus der Körperschraube.

Praktinski.

Verdient mein Höllenwort nicht Glaube?
Du prangest bald unter der Haube,
Sollst deinen Freund Musarion haben
Und von ihm einen stolzen Knaben.

Faustine.

Doch ist hier keine weibliche Bedienung?
Drei Höllenkerle seh' ich vor mir steh'n.
Ich hielt es sicher für Erführung,
Wenn die mich wollten abwärtsdreh'n.

Praktinski.

Nur keine Furcht! Die haben nicht Empfindung;
Denn Handlanger hier sind es bloß.
Fährst du dann erst durch jene weite Mündung,
So geht das neue Leben in dir los. —
Da kommt der Weibermüller ahnungsvoll.

Faustine.

Die Sache wird mir gar zu toll.
Fürwahr, ich bin doch keine Puppe,
Die nach Belieben man zusammenstruppe!

IV, 7.

(Der **Müller** tritt auf.)

Der Müller.

Sieh da! Mein alter Kompagnon!
Ihr bringt mir wohl verleg'ne Waare? —
Die spricht ja noch dem Alter Hohn;
Der sitzet noch kein Mehl im Haare.

Praktinski.

Das will ich meinen! Nur ein Bißchen
Aufbesserung ist hier vonnöthen,
Auf daß noch süßer schmecken ihre Küßchen,
Und in das Blut ein leichter Flüßchen.

Der Müller.

Wir wollen sie zusammenlöthen. —
Mein Fräulein! nur der Leiter hier hinauf.
Die Burschen schieben Sie zur Mündung;
Dann überfließet Sie ein Wein= und Wasserlauf;
Der giebt den Formen volle Rundung
Und spült die Falten all' hinweg.

(**Faustine** unterliegt mit Widerstreben der Einschiebung mit dem Kopf zuerst.)

Faustine.

Die Griffe sind doch gar zu keck!

Praktinski.

Nun, Teufelsmüller, den Sermon!

Der Müller.

Ich bin am ersten Verse schon.
Nur erst die Würze noch hinein;
Dann wird der Spaß gelungen sein.

„Durchfeuchte bis zum Herzen,
Durchdringe bis in's Mark,
Die Fehler auszumerzen
Und allen alten Quark!
Steck' auf die frischen Kerzen
Und zünd' sie jubelnd an,
Damit zu Lust und Scherzen
Geöffnet sei die Bahn! —
Der Frühling schließ' sich an den Winter an!"

Praktinski.

Das funktioniert trefflich in dem Haus!
Hier unten kommt die Dame schon heraus!
Und wie bezaubernd sieht sie aus!

Der Müller (zu Faustine).

Nun wollet gleich in diesen Spiegel seh'n!
Gewiß, ihr findet drin den Anblick schön.

Faustine (in den Spiegel sehend und zurückprallend).

Nicht blick' ich mich; Musarion sehe ich!
Er schaut nach mir, senkt auf die Kniee sich.
Was ich für unausführbar hab' gehalten,
Es will sich schon vor meinem Aug' gestalten. —
Nur Täuschung ist's, verdammter Sinnentrug!
Ward ich geängstiget nicht schon genug?
Soll ich erdulden denn tantal'sche Qualen,
Mich sättigen an hingemalter Frucht?
Und doch wie wärmend sind des Spiegels Strahlen.
Entzückend Bild, ergreife nicht die Flucht!

Praktinski.

Laß die Erscheinung! Denn in Wirklichkeit
Sollst alles das du bald besitzen;
Du brauchst nur mit dem Aug' zu blitzen.
Doch jetzt steht dir ein Bett bereit,
Um nach dem Bade stark darin zu schwitzen.

Faustine.

Ich kann dem Bilde nicht den Rücken dreh'n:
Es hält die aufgeregten Sinne mir gefangen.

Praktinski.

So wird am Ende dir gescheh'n,
Daß die drei Kerle nach dir langen.

Faustine.

Noch e i n e Labung aus dem Spiegel!
So lechzend, möchte ich hinübergeh'n! —
Und jetzt kann ich mich selbst darinnen seh'n.
Die Lust zerreißt den letzten Zügel!
Ich bin verführerisch, bin schön!

Praktinski.

Du glaubst nun wohl an meine Wunder?
Nur Muth! Es kommt noch täglich bunter.

(Zum Müller.)

Zwar kannst du keine Eva schaffen:
Zum Menschen machen doch den Affen!

(**Praktinski** führt **Faustine** nach seitwärts ab; die **Uebrigen** sehen beiden nach.)

Fünfter Aufzug.

V. 1.

Promenade.
(Musarion's Haus ist vollendet.)
(**Musarion** sieht von seinem mit Gewächsen und Blumen geschmückten Balkon aus Faustine sich ergehen. **Faustine**, kostbar gekleidet.)

Musarion.

Täusch' ich mich nicht, so schreitet dort Faustine,
So reizend, wie ich sie noch nie geseh'n.
Was heißt die herrlichste Blondine
Gen dieser schwarzen Locken prangend Weh'n?!
Ihr leichter Gang, die schmelzend freie Schaltung
Ob ihrer Glieder augenzückend Maß,
Des Körperbaues fließend stolze Haltung:
Das ist nicht menschlich, himmlisch dünkt mir das! —
Fort mit der Götterbildung! Ruf' vor deine Blicke
Die kleine Innocentia sehnsuchtstillend dir!
Hoheit gehöret nicht zu deinem Glücke:
Die Lieblichkeit ersetzet Prunk und Zier!
Nach ihrer Einfachheit kehr' fromm zurücke.

(Er singt.)

„Der Sperling soll nach Pfauen nicht begehren;
Er sitz' bei seinesgleichen auf dem Dach.
Er kann sich über Mangel nicht beschweren:
Sein zierlich Weibchen ist zur Seit' ihm wach.
Pick, pick! husch, husch!
Zusammen fliegen sie in Busch
Und schnäbeln da mit Wohlbehagen,
Was auch die Andern drüber sagen."

Faustine (den Gesang hörend und aufblickend).

Musarion's Stimme! Wen er wohl da preist?
Sein Lied mir Wunden in den Busen reißt!
Er zieht zurück sich in das Zimmer. —
Was fruchtet mir der äuß're Schimmer,
Der voll Gewinnung mich umgiebt.
Wenn mich der Einzige nicht liebt?!
Die tausend Anderen, die mich bewundern,
Wenn das Parkett mein Fuß betritt,
Gleichgültig werfe sie ich zu den Plundern;
Sie zählen nicht in der bewegten Seele mit!
Ich spotte über Oele, über Salben,
Das Trugbad in dem firnen Wein,
Die angewendet wurden meinethalben:
Kann ich nicht seine Herrin sein!
Ich neide ihn der Glücksrivalin,
Die ihn in ihrem Schooße hegt,
Die süße Heimlichkeiten mit ihm pflegt —
Sei sie Geliebte ihm, sei sie Gemahlin.
Ich muß sie finden, diese arge Schlange,
Die meine Hoffnung falsch umstrickt. —
Da naht der Schwindler sich in scheuem Gange;
Er werde tüchtig heimgeschickt.

V, 2.

(**Praktinski** tritt in gewöhnlicher Kleidung auf.)

Praktinski.

Tratst du schon deinem Wunsche näher?
Hat sich das Herzenspförtchen aufgethan?

Faustine.

Zur Hölle nieder, arger Späher!
Er sah mich erst noch gar nicht an.

Praktinski.

Hab' nur Geduld! Er kann sich noch nicht fassen.
Verlangen kämpft in ihm mit ält'rer Pflicht.
Demnächst wird er sein Schätzchen schon verlassen
Und schauen dir voll Lieb' in's Angesicht.
Ein Tränklein hab' ich schon für ihn bereit.

Faustine.

Lang' wart' ich nicht! — Gieb mir Gelegenheit,
Die Nebenbuhlerin zu seh'n. Ich möchte Gift
Ihr geben.

Praktinski.

       Alles hat so seine Zeit!
Doch weiß ich schon, wo man sie trifft.
Du sollst das Paar zusammenfinden,
Das Pulver ihrer Sprengung sein.
Schwer wirst du's freilich überwinden,
Das herz'ge Kind zu überliefern seiner Pein.

Faustine.

Draus mach' ich nimmer mir Gewissensbissen!
Zeig' gleich den Weg zu ihrer Wohnung mir,
Damit, wenn ihn ich dort kann wissen,
Als Schicksal trete durch die Thür.

Praktinski.

Ganz fürchterlich! Verhängniß willst du spielen,
Nur um dein Müthchen an dem armen Wurm zu kühlen.
Die Muße sollten weislich wir benutzen,
Zu beuten unsere Erfindung aus.

Faustine.

Du magst den Mond und Sterne für die Menschen putzen:
Ich will in das mir grundverhaßte Haus.

          (**Beide** zusammen ab.)

V, 3.

(**Musarion** erscheint nochmals auf dem Balkon.)

Musarion.

Es treibt ein unvertilgbares Gefühl mich wieder
Dazu, dem feeenhaften Wesen nachzublicken.
Wohl weiß ich, daß der Teufel steckt im Mieder;
Doch g'rade das macht mir Entzücken!
Dort schwebt sie hin wie Elfen durch die Maien. —
Ich geh' zu Innocentia, meine Seele zu befreien.

V, 4.

Innocentia's einfaches Gemach.

Innocentia (ihre Stickerei weglegend).

Was hat der liebe sonderbare Mann
Mir alles wieder hergeschickt:
Ein Liedchen, das er selbst ersann
Und Blumen, die er selbst gepflückt,
Ein züchtig Buch für den Verstand
Und auch noch was von Zuckerkand!
Wie das dem Gaumen herrlich mundet,
Wenn seinen Geber es bekundet!
Laß sehen, was der Uebertreiber schreibt:

> „Soll ich dich, Milde, nicht erheben?
> Nicht für die Güte danken dir?
> Natur gab einzig mir das Leben;
> Du aber gabst die Seele mir,
>
> Die Seele, Reize zu empfinden,
> Die sonst ein Schleier uns verhüllt,
> Die Seele, Tiefen zu ergründen,
> Die kein Genuß der Erde füllt,

V, 4. 5.

 Die Seele, die das Leid verkläret
 Zu einer Rührung göttlich mild,
 Die Himmelsfrieden hier gewähret
 Nach Kampfestagen streng und wild:

 Ja, **deine** Seele, der entsteiget
 Der Werth des Daseins übervoll,
 So daß ich, scheu das Haupt geneiget,
 Nicht weiß, wohin ich blicken soll. —

 O bleibe meines Lebens Krone,
 Die jeden Tag mich neu verjüngt;
 Und biete mir von deinem Throne
 Den Lorbeer, der den Tod bezwingt!"

Das ist sehr schön gesagt und fein:
Das klingt so lauter und so rein!
Und dennoch find' ich mich nicht drin.
Es blickt heraus zu reicher fremder Sinn.
Das ist nicht so, wie ich es bin.
Da macht auf mich er holde Lieder:
Ich aber kenn' mich drin nicht wieder.
Ich bin so einfach und so schlicht;
Doch ganz so zahm, wie er mich schildert, bin ich nicht.
Ich kann auch tüchtig heftig werden,
Mich zornig zeigen in Gebärden.
Heut' aber bin ich wonnig gut,
Wenn er nur still in meinen Armen ruht.
Wär's nur schon hier, das warmverliebte Blut!
An ihm will mehr ich als am Lied mich freuen.
Ein herrlich Ding ist so ein Schatz in Treuen!

V 5.
(**Musarion** tritt auf.)

Musarion.

Nun endlich denn bei dir, du starker Schutz,
So zierlich dich auch die Natur geschaffen!
Hier biet' ich allen Höllenmächten Trutz:
In diesem reinen Raum versagen ihre Waffen.

Hier sieg' ich über jegliches Gelüste,
Das meinen Willen brachte in Gefahr.
Hier lüg' ich nicht, wenn ich mich brüste:
Dein, Innocentia, bin ich ganz und gar!

(**Beide** umarmen sich.)

Innocentia.

Was sprichst du Lieber da von Kämpfen?
Wer droht dir mit Verleitung und Gericht?
Vertrau' dich mir; ich will das Uebel dämpfen! —
So aufgereget sah ich dich noch nicht.
Schmieg' furchtlos dich an meine Seite,
Damit ich Labung dir bereite!

Musarion.

Es ging vorbei. Nur Fieberfantasieen
Umlagerten versengend mir den lockern Sinn.
Ich sehe dich, und die erbosten fliehen.
Da, nimm mich völlig hin!

Innocentia.

Seltsamer Mensch, den ich zu kennen wähnte,
Wie neu befremdlich heut' erscheinst du mir!
Bist wirklich du mir noch der Heißersehnte?
Was ändert eben rasch sich zwischen mir und dir?

Musarion.

Ich suche mit Gewalt, der Heitere zu bleiben,
Der wie der frische Morgenwind vor dir erschien.
Der Augenblick war uns ein fröhlich Treiben;
Kein Vor- und Rückschau'n trübte ihn.

Innocentia.

Mich faßt ein freudertödtend Bangen,
Geheime Zweifel steigen in mir auf.

Gestört Empfinden, ja ein fremd Verlangen,
Sie treten trennend zwischen uns herauf.

Musarion.

Laß es bei dem Gewohnten! Greif' mir nimmer
Zu tief in den verhüllten Busen!
Ich bleibe wie vorher der Freund der Musen,
Für dich doch der Geliebte immer.

Innocentia.

Wer bist du eigentlich,
Der sich in meines Herzens Tiefen schlich,
Gewaltig regte seine Saiten an,
Der mir unendlich wohlgethan?
Der mir nun plötzlich fremd erscheint,
Als sei er nie gewesen mir vereint?
Verloren mir?! Die Schauerahnung drängt sich auf.
Und meine Seele weint.

Musarion.

So schlimm steht's nicht, wie deine Angst es meint.
Doch nicht beschwör' die Geisterschaar herauf,
Die jedem Glücke feindlich harrt,
Die dessen regen Puls erstarrt!
Ich bin der Mann der Gegenwart!

Innocentia.

Allein die Zukunft! Sie läßt mich erbeben.
Sie wird das Jetzt uns aus den Angeln heben.
Sie herrscht schon in der folgenden Minute
Und ruft mir zu, daß ich mich spute
Mit dir zur Flucht. Ich hör' beklommen
Die Katastrophe näherkommen.

V, 6.

(**Faustine**, wie in V, 1 gekleidet, tritt auf.)

Faustine (zu Innocentia).

Scheust du vor mir zurück wie vor dem Blitz,
Der schmetternd in die Herde schlägt!
Verlasset ihr den weichen Sitz,
Wo trunk'ner Liebe ihr gepflegt!
Ich bringe Weh und Schaudern mit:
Ja, eu're Gluthzeit ist vorbei.
Der Schnitter bin ich, der im Tritt
Der Blumen Stengel knickt entzwei.

Innocentia.

Was will uns die entmenschte Frau?
Ist sie's, vor der dir schon gebangt?

Faustine.

Faustine ist es, die gebieterisch und rauh
Musarion von dir abverlangt!

Musarion.

Was bringst du raubgelüstend ein?
Wer gab dir Recht, die Schwelle zu betreten?
In dir gährt sprengend junger Wein!
Rasch wende um, eh' deine Wuth vollbringet Schäden!

Innocentia.

Mit welchem Anrecht trittst du auf,
Mir den Geliebten zu entreißen,
Der mir gehört mit jeder Faser Lauf,
Der mir verbunden durch des Blutes Kreisen?
Ich decke mit dem eig'nen Körper ihn.
Ich lasse nicht mein einzig Glück entweichen.
Du sollst ihn frevelnd nicht hinüberzieh'n:
Mich mußt du tödten, willst du ihn erreichen!

Musarion.

Hier steh' gebannt ich zwischen zwei Gewalten,
Die ihren Einfluß seelzerstörend üben:
Die Eine sucht mich fiebrisch festzuhalten,
Die Andere gebietet, sie zu lieben,
Und reizt mich mit gegipfelt mächt'gen Trieben.
Wie fühle ich der Schwerter Doppelschnitt,
Der theilend durch mein Wesen glitt!

Faustine.
(Innocentia zurückdrängend und nach Musarion langend.)

Ich kenn' kein Hinderniß, das mein Begehren
Aufhielte in dem raschen Gang!
Willst du ihn willig nicht entbehren,
Willst du ihn gütlich nicht gewähren,
So raub' ich mir ihn durch den Zwang!
Von wildem Drange hingerissen,
Kann ich dich Angebeteten nicht missen!

Innocentia (mit Faustine ringend).

Ich nehm' ihn auf, den Kampf, auch wenn die Hölle
Dir Beistand leiht mit ihrer Kunst.
Du bringest ihn nicht von der Stelle.
Die Kraft verflieget dir wie Dunst.

Musarion.

Bin ich das Opfer, nur ein willenloser Lohn?
Soll denn mein ganzes Sein verblassen?

Faustine.

Des Körpers Stärke rinnet mir davon!
Hat mich mein Helfer denn verlassen? —

(Zu Innocentia.)

So sieh mich auf die Kniee fallen
Vor dir, mich, die noch keiner Menschen bitten seh'n!

Laß mein Verlangen fruchtlos nicht verhallen!
Ich kann nicht ohne ihn besteh'n!

Innocentia.

Welch' Raserei! Sie ist von Sinnen!
Nein sag' ich, nein! Ich löse nicht das Band,
Das uns einander zugewandt;
Und wollt' auch er, ich ließ ihn nicht entrinnen.

(Zu Musarion.)

Pfui, Memme du, die hier im Schwanken steht,
Wie eine junge Birk' bei stürm'schem Wetter!
Verdienst du, daß man dir zur Seite geht?

Faustine.

Zur rechten Zeit erscheint mir der Erretter!

V, 7.

(**Praktinski** tritt in gewöhnlicher Kleidung auf.)

Praktinski.

Faustine such' ich, meine Schülerin!
Entschuldigt, daß so frei ich bin!

Innocentia.

Er schneit herein, als wär's mein eig'ner Vetter.

Praktinski (zu Faustine).

Hast du die Herzenssache ausgefochten,
Wozu ich dir den Leib gerüstet,
Die Gegnerin zerschmettert oder überlistet?
Seh'n will ich, was die Reize hier vermochten. —
Den Mann zwar hast du mürb' gemacht,
Das Jüngferlein doch nicht zur Ruh' gebracht.
Bei dem versagen uns're Mächte.

Fauſtine.

O daß ich ſie zu Falle brächte!

Praktinski (zu Fauſtine).

Laß dies für heute ſein! Gebiet' dem innern Sturme!
Er bläht das Haus nicht um, ſo hoch er fährt.
Das Stürzen überlaß dem kleinen Wurme,
Der ſchädigend am Aufbau zehrt.
Langſam verrichtet die Zerſtörungsarbeit er,
Doch ſicher, ohne Ungefähr.

Fauſtine.

So ſoll beſiegt, beſchämt von hier ich geh'n,
Verwundet in dem Eigenwillen?

Praktinski.

Ich geb' dir etwas, um das Blut zu ſtillen,
Und laß dich in die Zukunft ſeh'n,
Raſch weiter, ohne Umſchau hier zu halten!
Ich mache Innocentia's Lieb' erkalten.

(Praktinski und Fauſtine ab.)

V, 8.

Innocentia (Muſarion anſchauend).

Wie mit ganz anderm Blick ſchau' ich dich jetzt
Als früher. Mein Gefühl haſt du verletzt.
Entnüchtert hat mich dein Betragen:
Du biſt der Mann nicht, dreinzuſchlagen.
Ich bin in e i n e r Stunde über'n Kopf gewachſen
Dir ſowie mir. Jetzt Ernſt gilt's, keine Faxen!
Komm', trauriger Genoſſe meines Sieges voll Verluſt!
Begraben will ich dich lebendig und bewußt.

Musarion.

Der Willensstrang zerriß; Dämonen herrschen in der Brust.

(**Innocentia** und **Musarion** ab.)

V, 9.

Der Nachbarin Hertha Gemach.

Hertha.

Das Siebzigste ruht mir nun auf den Schultern:
Ein jeder Zuschlag drückt ja mehr.
Ich sehn' mich nach Erleicht'rung sehr.
Auch ohne Qualen zählt man zu den Duldern.
Gut, daß das junge, frische Blut
Mich hie und da voll Lust besucht!
Da schöpf' ich neue Kraft und Muth.
Ein Pöstchen Alter wird dann abgebucht.
Ich hör' sie draußen auf der Treppe wandeln:
Jetzt giebt's von Lieb' und Leid zu handeln.

V, 10.

(**Innocentia** erscheint.)

Innocentia.

Ihr findet mich noch aufgeregt und bleich
Nach dem, was eben ich erlebte.
Das Schicksal spielte mir gewaltig einen Streich,
Von dem ich bis in's Innerste erbebte.
Musarion wird von einer Nebenbuhlerin
Umgarnt, die höhnisch meiner Liebe lacht.
Wir kämpften schon um den Besitz, um ihn,
Der zur Entscheidung keine Miene macht.

Hertha.

Mein Herzchen! Ist es denkbar, dieser Treue,
Der wie dein Schatten an dir hing,
Er fühlte über das Verhältniß Reue
Und tauscht' mit einer Anderen den Ring!?

Innocentia.

So wird es kommen müssen! Sein Betragen
Hat ihn aus meinem Herzen schon verschlagen.
Ich suchte Kraft und Schutz bei diesem Mann;
Doch ließ er sich erbärmlich an.
Es thut nun noth, daß ich mich selber wehre.
Was haben anders wir dazu als diebesſich're Ehre?

Hertha.

Du wirst den muntern Faut doch nicht verstoßen?

Innocentia.

Was soll ich mit dem Hoffnungslosen?
Verzeihen kann ich alles einem Mann:
Nur Halbheit kränkle ihn nicht an!
Fest muß er zu mir steh'n
Und der Gefahr in's Auge seh'n.
Mit mir muß steigen er und sinken,
Muß jubeln er und Leid ertragen,
Genießen und, wenn's Noth, entsagen,
Vom Himmel Beute sich erjagen,
Der Hölle selbst entgegenblinken:
Sonst nenn' ich einen Weichling ihn,
Der meine Spuren möge flieh'n!

Hertha.

Da mußt du einen von den Kriegern nehmen,
Die sich zu jeder Last bequemen,
Ihr Blut bedenkenlos verspritzen
Und fest in dem Quartiere sitzen.

Innocentia.

Wer hätt' an solchen Wandel je gedacht,
Den einzig mir Faustine hat gebracht!

Hertha.

Faustine? Die Studentin? Hör' die Kunde,
Die man von ihr in Bürgerkreisen munkelt:
Sie stehe mit der Höll' im Bunde
Und sei schon mit dem Satanas verkunkelt.

Innocentia.

O Höllensamen, der als Giftstrauch aufgeht! —
Ja, zu ihr trat ein Mannskerl eigenartig,
Dämonisch blickend, im Gesichte schartig,
Mit bösem Zug, der bis zur Stirn' hinaufgeht.
Weh', weh', da naht in eigener Person er!

Hertha.

O Schrecken! wär' nur wieder schon davon er!

V, 11.

(**Praktinski** erscheint plötzlich in vernachlässigter Kleidung.)

Praktinski.

Verzeiht mein plötzliches Erscheinen!
Ein jeder sorget für die Seinen;
Und zur Vermittlung komm' ich schlank.
Faustine — o es ist zum Weinen! —
Sie liegt zu Haus' an Liebe — krank
Und leidet unter'm Fieberschüttel.
Zur Heilung giebt's kein ander Mittel,
Als daß ihr wird Musarion's Herz.
Gebt ihr ihn frei, geneset sie vom Schmerz!
O bittet mit, geneigte Alte,
Daß sie das Wunderkind erhalte!

Hertha.

Wer uns hier gegenüberstehet,
Das ist uns leider zu bekannt!
Ein Teufel, der auch betteln gehet,
Der geht uns über den Verstand.

Praktinski.

Ich muß dem Hexenmädel dienen,
Verpflichtet auf noch manches Jahr;
Sonst wär' ich herrischer erschienen,
Doch nehmt auch so die Würde wahr.

Innocentia.

Wir lassen uns von euch nicht äffen. —
Musarion sei sein eig'ner Richter!
Er selber mag die Wahl nur treffen:
Im Knotenlösen sind gewandt die Dichter!
Wird auch ein Fleckchen Herz bei dem Verluste,
Mir Schmerz bereitend, still zu Schanden:
Es schadet nicht! Ich meid' ihn, weil ich mußte.
Ich fühl's, er lieget in Faustinens Banden.
Das Seelenspiel, das innig mich ergötzte,
Es schwindet hin wie bleichend Abendroth.
Der Schwankende, der mich so tief verletzte,
Ist für mich todt.

Praktinski.

Ihr könnet selbst den Teufel fühlen machen
Mit euerer Erinn'rung an den Schwachen.
Zu gut seid ihr für solche leichte Waare,
Die auffliegt wie im Wind die Haare.
Euch dienet nur der Mensch auf den Potenzen,
Der kräftig fühlt und immer höher steigt,
Der in der Geisterwelt erst findet seine Gränzen
Und der Nothwendigkeit allein sich neigt.
Dein reich Gefühl erfordert solche Charaktere,
Zum Schutze ihm und diesen noch zur Ehre. —

Mein Kind, du wirst zwar nicht erfassen,
Was eben in dein Ohr sich schlich!
Doch auch die Teufel, die den Menschen hassen,
Sie müssen manchmal von der Rolle lassen
Und vor der wahren Unschuld beugen sich.

Innocentia.

Zu hoch für mich! Doch hör' ich an dem Tone,
Daß ihr einmal es ehrlich meint
Und daß ihr einst ein Herz besessen.

Praktinski.

So paradox es auch erscheint. —
(Seufzend.)
Längst sanken wir von unserm Throne.
(Resigniert.)
Die schöne Zeit der Macht und Lieb' ist längst vergessen!

Hertha.

Wollt ihr denn nicht auch mir was Angenehmes sagen
Zum Abschied, der von euch mich bannt?

Praktinski.

Da muß ich erst Großmutter fragen;
Die hat vielleicht euch jung gekannt.
Denn alte Weiber, die mit jungen Mädchen häufeln,
Die stammen meistens ab von Teufeln.
(Praktinski entfernt sich knicksend.)
(Hertha lacht und geht, Innocentia winkend, ab.)

V, 12.

Innocentia.

Ich hätt' Musarion nicht so leicht verloren geben sollen.
Die Klugheit sprach vorhin in mir zu laut.

Empfindung fängt darüber an zu grollen.
Was er mir war, es ist noch nicht verschollen!
Ich schwanke selbst. Wie mir vor der Begegnung graut!
(Folgt Hertha nach.)

V, 13.

Promenade.
(**Faustine**, vornehm, und **Praktinski**, gewöhnlich gekleidet, treffen einander.)

Praktinski.

Was schleichst du wieder hier auf diesen Wegen?!
Ist die Behausung für dich ein Magnet?!
Ich hab' erforschet, wie es steht:
Sein Schätzchen schwankt, ja kommet dir entgegen;
Sie läßt ihn seiner Wege geh'n.

Faustine.

So werd' ich ihn heut' Abend seh'n?

Praktinski.

Voll schlüssig ist er nicht. Doch hoff' ich ihn zu locken.
Abwendigmachen ist dann deine Kunst.
Setz' dich mit Weiberschlichen ein in seine Gunst.
Ich helfe nach, wenn deine Mittel stocken.
Doch ich bin in der That ein Thor!
Arbeit' für meinen Konkurrenten;
Vergeß' mir etwas selbst zu spenden;
Ersetze nur ein Spracherohr. —
Wie fändst du mich denn als Geliebten?
Ich wär' dir doch zu Willen voll.
Ich zähle zu den Durchgesiebten
Und treib' es nicht zu dick und toll.
Ganz stattlich ging ich dir zur Seite
Und freute mich, wie alles an dir blitzt.

Beschaff' ich schon dir das Geschmeide,
Gehör' auch mein, woran es sitzt.
Verliebt in dich bin ich bis ob die Ohren:
Nun schaue mich gewährend an!

Faustine.

Laß mich mit solchem Antrag ungeschoren!
Und komm' nie mehr damit an mich heran.
Wie wollt ihr armen Teufel lieben?!
Die Seele ist euch abgetrieben.

Praktinski.

So seid ihr Weiber nun! In's Unbekannte
Schweift beim Verlieben euer Blick.
Ihr kennt ihn nicht, für den das Herz entbrannte,
Und sucht auf's G'rathewohl das Glück.
Ihr schwöret unbeseh'n auf seine guten Seiten;
Erhob'ner Widerspruch, er reizt euch nur.
Beginnt das Bürschlein sich dann auszubreiten,
Steckt in der Haut von allem keine Spur.

Faustine.

Laß mich mit meinem Reichthum ihn umhüllen:
Er wird ein Fürst im Prunksaal sein!
Fantastisch will ich lieben, ihn erfüllen
Mit der Erfindung Gold und Edelstein.
Nur in dem Glauben liegt der Liebe hohes Glück!
Die Wirklichkeit schraubt es zum Nichts zurück! —
Er kommt heut' Abend! Dessen bist du Bürge!
Wie schon die Hoffnung in der Brust mir wallt!
Ich fürcht', daß ich vor Eifersucht ihn würge,
Zeigt er sich meiner Neigung kalt. —
Ein Meer der Freude tobt in meinen Gliedern
Und schlägt gewellt bis an die Zunge an!
Vermag er so mein Werben zu erwidern,
So ist's für mich der rechte Mann!

(Ab.)

V, 14.

Praktinski.

Wie ist der Mensch doch ohne innern Halt
Auch in der prächtigsten Gestalt!
Von außen einer Feste gleich
Und innen wie das Wachs so weich! —
Mit eis'gem Wort ich in sie dring';
Sonst schmilzt noch hin das schwache Ding.
(Der Faustine nach.)

V, 15.

Nacht.
Musarion's sonderbares Gemach.

Weinlaubgehänge an den Wänden und als Soffitten. Ein Bacchantenzug auf die Wände gemalt. Der Haupteingang zeltförmig gestaltet, ebenso die Fenster. Beleuchtung durch farbige Lampions. An Stelle von Stühlen niedrige Polster am Boden. Büste des Bacchus, des Ganimed, der Hebe, des Apollo, der Thalia, der Melpomene, der Erato und des Anakreon an verschiedenen Stellen angebracht. Ein Büffett in Form eines dorischen Tempels, das mit Weinkaraffen, Humpen und Weinrömern bestellt ist. Ein Lorbeerkranz mit Schleife hängt an einer der Wände. An einer anderen eine Leier, mit Rosen umwunden. Ein Trinkhorn. Bücher und Mappen über den Boden verbreitet.
(**Praktinski**, vornehm gekleidet und sich umsehend, enteilt eben triumphierenden Blickes aus dem Gemache. **Musarion** liegt in altgriechischer Tracht ausgestreckt auf einem der Polster.)

Praktinski (im Abgehen).

So seid Faustinen ihr noch heut' Genoß!
Ich will es gleich der Harrenden bestellen.

Musarion.

Unreine Quelle, deren Rede floß,
Die in mein Ohr die Ueberredung goß!
Ich habe dem unheimlichen Gesellen
Versprechen müssen, hier zu seh'n Faustinen.
Die schwere Stunde ist erschienen;
Sie wird mir scharf das Urtheil fällen.
Warum mußt' zwischen mich und meine Liebe

Die Zaub'rin treten und in mir verfangen,
In mir erregen unnennbar Verlangen?
O daß wie eine Blase sie zerstiebe
Und ich mit Innocentia einzig bliebe!
Den Rücken wies die Holde mir.
Ruh' find' ich weder dort noch hier.
Auf von dem Pfühle meiner Leidenschaften!
Anakreon, auf dir die Blicke haften?

(Er ist aufgestanden.)

V, 16.

(Faustine, vornehm gekleidet, tritt auf.)

Faustine.

Ich komm' zu dir: ich nehme dich an (hs.)

So nimmst du mich denn auf beglückt!?
Ich schließ' die Pforte hinter meinem schwarzen Brüten.
Ein lichtes Loos sei mir fortan beschieden,
Das dich und mich entzückt.
Ich will nicht länger stürmisch fodern,
Wie ich's im Wahn bei dir gethan.
Nur stille soll der Liebe Flamme lodern:
Sieh mich nur an!

Musarion.

Wir werden nie zusammenpassen;
Ihr werdet nicht vom Rasen lassen.
Ihr zieht mich an und stoßt mich ab zugleich.
Ich taug' nicht in solch wirres Reich.

Faustine.

Besänft'ge meinen grellen Sinn!
Gern werd' ich deine Schülerin.
Willst du die Poesie mir deuten,
Die Ruhe in's Gemüth ergießt,
Wie wenn der Abendglocken Läuten
Im Strome durch die Thäler fließt?

Musarion.

Ihr thut, als hättet ihr empfunden
Den schmerzverscheuchenden Gesang,
Den Balsam für geschlag'ne Wunden,
Den erdgeschenkten Himmelsklang.
O sei es so! — Nicht läßt sich definieren,
Was Dichtung sei und wodurch wirke sie.
Sie würd' darüber den Gehalt verlieren,
Die Eigenwärme und den Pli.
Man lehrt nur ihre äußere Gestalt;
Und das bleibt wirkungslos und kalt.

Faustine.

Wie traulich, so euch reden hören!
Ganz anders wirket ein lebendig Wort
Als des Professors Vortrag, der ästhetisch mich belehren
Gewollt; denn aller Schmelz flog drüber fort.

Musarion.

Die Schmeichelei packt tiefer als gewöhnlich.
Allein nur Praxis ist mein Element.
Der Dichter sieht sich selber nicht mehr ähnlich,
Wenn er zuviel von Seinesgleichen kennt.

Faustine.

Reicht mir die Hand! Ich will sie drücken.

Musarion.

Was denkt ihr bei der Forderung?
Zu welchem Zweck?

Faustine.

      Ich will sie schmücken
Mit diesem Demant; er erhält euch jung.

Musarion.

Jung, und für wen? Ein Ring ist ein Symbol
Und mehr noch: ist der Ein'gung Schluß.
Mir wird bei euerm Wunsch nicht wohl:
Ihr rechnet drauf, daß ich euch folgen muß.

Faustine.

Und kann er anders, der von mir Bestrickte?

Musarion.

Und wenn mir doch ein Ausweg glückte?
Wenn dieser Ring, den mir die Unschuld an den Finger schob,
Mich über die Verführung frei erhob,
Die Kraft mir lieh, dem Wesen treu zu bleiben,
Das Lieb' und Lied in mir gebracht zum Treiben?
Ihr hattet über mich nur teuflische Gewalt.
Mit diesem Zeichen sieg' ich bald!

Faustine.

Bedenk', ich sitz' in deiner Seele fest!
Und gehst du auch in's Gegenlager über,
Nicht lang' behagt's dir in dem kleinen Nest.
Du äugelst wiederum zu mir herüber.

Musarion.

Soll denn mein Loos das unentschied'ne sein,
Ich ewig zwischen Höll' und Himmel wanken?
Mich ekelt dies verächtlich Schwanken.
Und brächt's den Tod: ich sage nein!

Faustine.

Zerstörer alles Glücks! Mit nichts kann sich gewinnen
Die an dich Festgeschmiedete die Gunst von dir!
Ist denn vergeblich, Peiniger, mein Sinnen?
Eh' du zur Nebenbuhl'rin gehst von hinnen,

So stirb durch diesen Stahl! Dann bleibt die Leiche mir.
Ich kann sie betten, kann ihr Grabmal schmücken.

Musarion (dem Stich ausweichend).

Du Schauderweib! Nun kenn' ich deine Tücken.
Der Tragik bitt're Frucht suchst du zu pflücken.

(Einen Revolver aus der Tasche ziehend.)

Dann Aug' um Aug'! Du bist nicht mehr als ich.

V, 17.

(**Praktinski**, vornehm gekleidet, tritt ein. Den übergeworfenen Mantel legt er rasch ab.)

Praktinski.

Ich glaub', das Liebespärchen koset sich,
Doch mit den Nägeln nur: so will ich hoffen.
Her mit den Waffen! Blutschuld kann ertragen
Wohl ich, der manche Seele schon getroffen;
Doch euch würd' sie zu Boden schlagen.
Verzeihung! Für der Leidenschaften Streit
Hat selbst der Dichter oft kein zahmes Bild bereit.

(**Praktinski** nimmt den Erstarrten die Waffen ab.)

Praktinski.

Nun sei der Liebeskampf für alle Zeit geschlossen!
Kalt Wasser werde drauf gegossen.
Ich will das jähe Weib wohl zwingen
Und diesen Herrn sogleich zu Bette bringen.

Faustine.

Du bist mein will'ger Knecht: so lautet der Vertrag.

Praktinski.

Nachher steh' ich zu Diensten, ohne Frag'!
Und will den Paragraphen dir erklären.
(Er wirft im Zorne Faustine auf eins der Polster nieder und schiebt den
erschrockenen Musarion in's Nebenzimmer, geht mit hinein und verriegelt
die Thüre.)

Faustine (am Boden verzweifelnd ringend).

Ich kann nicht mehr der Ohnmacht mich erwehren.
(Wird bewußtlos.)

V, 18.

(Innocentia, mit Irma an der Hand, tritt auf.)

Innocentia.

Ich muß ihn seh'n; sie ist zu ihm gegangen,
Wie ich in ihrem Haus vom Kind vernahm,
Das ich entrissen seinem Bangen. —
Nach ihm erwachte neu in mir Verlangen,
Der kurz mir aus dem Herzen kam.
Ich hoffe, seine Seele noch zu retten,
Die schon umfangen von der Hölle Ketten.
Musarion! — O, ich find' ihn nicht.
(Faustine erblickend.)
Da liegt ein Weib! Ich kenne das Gesicht.
Faustine! Todt? — O nein! sie athmet leis'.
Was soll ich für sie thun, daß sie erwache?
Verflossen ist mir das Gefühl der Rache.
Wenn ich sie nur gerettet weiß!
(Beschäftigt sich damit, Faustine zum Bewußtsein zu bringen.)

Faustine (zu sich kommend).

Was ist mir denn gescheh'n? Wo bin ich?
Ha, welch Gesicht fletscht mir entgegen!
Ist alles denn verschworen gegen mich?! —
Ja! Die Erinn'rung fängt sich an zu regen.

(Aufstehend.)
Bei ihm, dem Buhlen, ging ich ein;
Und er — verstieß mich, ließ mich hier allein.
Dein will er wieder sein!
Verwirrung!
Irrung!
Und keine Klärung hier zu hoffen!
Dich hab' ich auch noch angetroffen.
Wie soll sich die Verquickung lösen?

(Sich ängstlich umsehend.)
Ich misse nur den Bösen. —
Da steht auch noch mein liebes Kind,
Das ich zu warten ganz versäumt.
Die Feindin ist ihm wohlgesinnt;
Zu ihm ein Tröpflein Liebe rinnt.
Hab' ich das alles nur geträumt?

Innocentia.

Komm' voll zu der Besinnung!

Faustine.

Vergeblich such' ich mir Entspinnung.
Was ist hier alles vorgegangen?!
Ereignisse sich blitzend niederschlangen,
Die wohl die Sinne konnten tödten.

Innocentia.

Wie helf' ich euch aus euern Nöthen?

Faustine.

Jetzt wird Erlebtes wieder klar,
Das in der Todesangst vergessen war. —
Komm', Feindin! Laß den Schreckensort uns flieh'n!
Wie? oder noch begehrst du ihn,
Deß lieblich Lächeln mir entging,
Als — Hand an ihn zu legen ich mich unterfing?!

Innocentia.

Ist er am Leben noch? O meine Ahnung! —
Hast du ihm etwa Leids gethan?!

Faustine.

Weh', mir die schauerliche Mahnung!
Wozu trieb mich der Liebeswahn? —
Er lebt, wenn auch verworfen nur!
Die letzte Stunde schlug ihm schon die Uhr;
Da trat ein Retter für ihn ein.

Innocentia.

Er lebt! Ich muß ihn seh'n, den Liebster mein!

Faustine.

Bevorzugt bist du! Ich wend' mich davon.
Ich könnte mich erst an dir rächen
Und dich, die Räub'rin, niederstechen.
Mir hat er ausgelebt; das gilt für mich — auch dir.
Drin find' ich Rast für die Begier.
Es spielt sich jede Rolle aus,
Die lustigste und die mit Graus!
Zerrüttet scheid' ich aus dem Haus.

(Wankend ab.)

V, 19.

Innocentia.

Gestöret ist ihr Geist! Der schreckensvolle Hang
Durchwühlte ihn, bis sein Geäder sprang.
Ich will nicht wissen, was hier all geschah,
Weil ich des Vorfalls trübe Wirkung sah.
Ein neuer Tag zeigt die Verschuldung auf. —
Ob ihn ich wiedersehe im Verlauf?
Wie ich auch suche, komm' ich ihm nicht nah'. —
Geh' mit, mein Kind, das mir die Mutter ließ.
Ich such' zu stärken mich in deinem Paradies.

(Mit Irma ab.)

V, 20.

Praktinski
(aus der Thüre tretend und die Beiden abgehen sehend).

Die guten Engel flüchten aus dem Haus,
Und Teufelswerk füllt es noch einzig aus. —
Musarion's überschäumende Gewalt
Geht hier sogar schon über meine bald.
Ich bring' zur Ruhe ihn, den Friedensstörer,
Den absichtslosen Herzbethörer:
Ein tief'rer Schlaf als jetzt sei sein Beschwörer!
(Er hüllt sich in seinen Mantel ein und fliegt zum Fenster hinaus.)

V, 21.

Wilde Gebirgsschlucht.
(Darin ein Bach, aus Spiegelglas gebildet.)

Faustine.
(Grau gekleidet, von einem Felsblock aufspringend.)

O könnt' ich mir entflieh'n, die Spuren voll verlöschen,
Die meinem Hirn sich quälend eingedrückt!
Laß mich den letzten Halt zusammenböschen
Hier in der Einsamkeit aus dem, was all zerstückt
In meiner Seele ruht! — Es geht nicht an!
Kein sichernd Band umschlingt des Daseins Reste,
Seit mir entfloh vom Erdenglück das Beste.
Mir drohte der Zusammenbruch die Sinne zu verletzen,
Verwirrung wurde grinsend darin wach.
Ich sammle nun die rückgeblieb'nen Fetzen
Und bring' sie mühsam wieder unter Dach.
Wie trüb' doch blick' ich in der Schöpfung Weiten,
Auf denen Wehmuthsschleier sich verbreiten! —
Blieb' fern mir nur der unzulängliche Geselle,
Und spülte weg den Gram des Trostes Welle! —
Es rauschet in den Büschen. O wer stört
Die Stille der, die Menschen nicht begehrt!

V, 22.

(**Melancholia**, das Ebenbild Faustinens in Gestaltung und Kleidung, erscheint aus dem Gestrüppe. **Faustine** sieht, sich setzend, während der Rede Melancholia's nachdenksam in den Spiegel des vorüberfließenden Baches.)

Melancholia.

Dein beſſ'rer Theil erſcheinet dir in mir
Als Reue und als Troſt, weil Frevel an dir zehrt,
Und will zur Stütze dienen dir. —
In die Tiefe deiner reichen Seele,
In die unergründliche,
Voll von öder Trauer, voll von Fehle,
Aufgeſtört durch Wünſche, ſündliche,
In den Abgrund, den du ſelbſt nicht auskennſt,
Drin du niemals vollauf dich zu Haus nennſt,
In die Kluft, wo ſelbſt das Taſten irrbar,
Wo des Lebens Räthſel unentwirrbar
Vor'm verſagenden Geſichte ſchwebt,
Das um Troſt den Blick zum Himmel hebt:
In d i e Tiefe läßt dein Schmerz mich ſchauen.
Deiner Lenkung folg' ich ohne Grauen!
Dir zur Seite fühl' ich die Verſagung,
Aber auch des innern Lichtes Tagung,
Das in breiten Strömen durch das löſend Lied
Aus der Tiefe hin zum Aether zieht.
Und die Finſterniß beginnt zu reden,
Von dem überird'ſchen Glanz betreten.
Mächtig wie der Orgel Klang erſchallt's;
Aus der Schlünde Schauer tiefernſt hallt's:
Alle Geiſter drin ſind nun beſchworen,
Ihr Geheimniß uns zu offenbaren.
Und am Himmelszelt, dem göttlich klaren,
Schweben auf den Wölkchen leicht die Horen,
Die mit geiſterhaften, hellen
Sängen ſich den tiefen Tönen
Innigſüß hinzugeſellen,
Schwelgend ſo im Reiz des Schönen.
Tief und hoch ſind hier Geſchwiſter,
Kinder e i n e r Mutterſeele;

Es gebrauchen froh die Kehle
Einer Weltenorgel klingende Register.
Brausend wie des Frühlingssturmes Macht,
Wecken sie im Busen Hochgefühle.
Harmonie entringt sich dem Gewühle;
Die Befreiung ist vollbracht. —
Ruhet auch der Körper unter'm Hügel:
Uns're Seele tragen ihre Flügel!

(Sie legt ihren Arm um Faustinens Nacken.)

Faustine (sanft, wie gebrochen).

Wie du mir wohlgethan mit deinem Sang,
Der wie ein Lichtstrahl meine Nacht durchdrang!
Es hat die Zeit mich überholt mit ihren Schwingen;
Nun will ich eilend in die Zukunft bringen.

Melancholia (Faustine loslassend).

Halt' fest die Stimmung, die da wallt! —
Mich scheucht hinweg die teuflische Gestalt.

(Verschwindet hinter Felsen.)

Faustine (aufstehend).

Weh', wär' auch ich vom Bösen frei! —
Da tritt schon wieder er herbei.

V, 23.

(**Praktinski** erscheint, als Wanderer gekleidet.)

Praktinski (für sich).

Die Lieb' verbraucht sie wie ein flackernd Licht,
Dem vor der Zeit im Sturm die Flamme bricht.

Faustine.

Wagst du's in dieser Stunde mir zu nah'n,
Wo Himmelstrost mein Herz empfah'n?!
Vergeblich! Nie mehr werd' ich frei:
Ich fühl' des Teufels Tyrannei.

Praktinski.

Der Zutritt steht mir immer offen.
Hast du mich satt schon? Will's nicht hoffen!

Faustine.

Ich fürcht's! Du bist mein Mene Tekel;
Dies macht dich gründlich mir zu Ekel.

Praktinski.

Hier möcht' auch ich nicht mit dir thun. —
Exzentrisch ab vom Mittelpunkte schreitend
Ist deine Art. Kein Teufel führt dich leitend.

Faustine.

Dich und die Menschen meidend,
Wählt' ich den Aufenthalt, um auszuruh'n
Vom Seelenschmerz, den grause Stunden brachten,
Du bist der rechte Helfer nicht!

Praktinski.

Das sagst du mir so in's Gesicht?
Hab' ich an deiner Lieb' Verschulden?
Das Gold verschmähst du, hältst am Silbergulden.
Wie wär's, wenn wir jetzt auf uns machten,
Und schritten zu dem Werk, das Hellung bringt?!

Faustine.

Ich mag nicht denken mehr. Wenn dir's gelingt,
In meinem Inneren mich zu umnachten,
Derweilen wir nach Erdenlichtung trachten,
So steh' ich bei. Maschine will ich sein,
Nicht Treibekraft.

Praktinski.

   Ich wieg' in Schlaf dich ein.
Des Menschen bestes Erbtheil, das uns fehlt,

Die immerfort die Sorge quält. —
Kommt, Dünste! Steigt aus meiner dunkeln Heimath auf,
Und tragt sie in die Werkstatt, wo wir schaffen!
(Faustine entschlummert.)
Dort soll ihr Geist sich neu erraffen.
Das Liebestoben sei beendigt;
Der starre Kopf ist nun gebändigt.
(Aufsteigende Dünste tragen in horizontaler Richtung beide fort.)

V, 24.

Nacht mit Mondschein.
Promenade.

Praktinski (in einen Mantel gehüllt).

Hier lau're ich ihm auf. Bald er zum Liebchen schleicht.
Er gehe nicht mehr zu ihm heim.
Zu große Wirkung hat er schon erreicht.
Zu unf'rer Ruhe darf er nicht mehr leben.
Er ist zu allem Unheil stets der Keim.
Ich wag' es, was kein Teufel noch gethan,
Und rückt Vernichtung auch an mich heran.
Ich will ihm hier das Gnadenstößlein geben.

V 25.

(Musarion tritt aus seinem Hause.)

Musarion (singt).

„Ich bin kein Freund von Heftigkeit
Und wirke gern im Stillen.
Ein Mittel hab' ich schon bereit,
Zu scheuchen mir die Grillen:
In blaue Augen blick' ich ein;
Da werd' ich voll Vergnügen sein,

Die schwarzen drin vergessen.
O Wonne unermessen!"

Praktinski
(der sich hinter einen Baum versteckt hat).

Der Sänger ahnt noch nicht, wie kurz sein Lebensfaden!
Ich schneide wie die Parze ihn entzwei.

(Er stürzt hervor und sticht seinen Dolch Musarion in's Herz.)

Musarion.

Ich ende, und dem Gott der Gnaden
Empfehl' ich meine Seel'. Er sei
Mir Beistand. Gern noch hätt' ich fortgelebt!
Ich seh' vor mir der Unschuld zarte Taube,
Die über meinem Grab' sich hebt.
Doch unter ihr kriecht eine Raupe,
Zum Todtenkopf bestimmt. — Wem war
Zuviel ich auf der Welt? — Wer that mir das?
Ich krümmte keinem je ein Haar. —
Nur daß ein wenig viel verliebt ich war! —
Aus ist der Spaß! (Stirbt.)

V, 26.

(**Faustine**, einfach gekleidet, erscheint).

Faustine.

Ich hörte einen Todesschrei
Und eilt' herbei.
Wer liegt entseelt mir zu den Füßen?
Der Mondschein will ihn noch begrüßen. —
Musarion! Weh', Musarion!
Das also ist der Liebe Lohn:
Ich habe dich getödtet!
Du selber dich doch nicht,
Du jetzt erloschen Licht!

V, 26.

Das Dasein ist mir voll verödet.
Es birgt sich vor dem Greuel selbst des Mondes Licht.

Praktinski (hervortretend).

Ich bin der Löscher dieser Flamme.

Faustine.

O daß dafür dich Gott zum andernmal verdamme!

Praktinski (schrecklich).

Einmal genug! Es gilt in Ewigkeit. —
Zur Arbeit mache dich bereit!
Du hast auch Pflichten gegen mich, die zu erfüllen
Ich Zwang dir setzen kann, auch gegen deinen Willen. —
Dank' mir's, daß du mit deiner Liebeshast
Ein Ende nun gefunden hast!

Faustine.

Verlangst du Lob für deinen Graus?!
Auch die dadurch entstand'ne Trauer ehrst du nicht,
Die in verhalt'nen Thränen spricht!
Sie füllt mein künftig Leben aus.
Pfui, Mörder! Und an dich galeerenhaft gebunden,
Soll ich hinmartern ew'ge Stunden!

Praktinski.

Das Löschblatt über diese blut'ge Schrift!
Du wolltst ja den Versagenden einst selbst ermorden.
Wie sich das trifft!
Ich bin Vollstrecker deines Willens nur geworden.

Faustine.

Vergelter! — Könnt' ich ihn noch um Verzeihung fleh'n!

Praktinski.

Was du an ihm gesündigt, bleibt besteh'n! —
Schlag' trostlos nicht die Augen nieder!
Vielleicht siehst du ihn in der Hölle wieder.
(**Faustine** wirft sich schmerzbewegt über den Leichnam Musarion's. **Prattinski** tritt betroffen hinter den Baum zurück, als er **Innocentia** nahen sieht.)

V, 27.

(**Innocentia** tritt auf.)

Innocentia.

Mir läßt es im Gemache keine Ruh'.
Ich hofft' auf ihn; doch trat er nicht herzu.
Ist ihm ein Leides widerfahren? —
O Gott, was muß ich da gewahren!
Ein Mensch in seinem Blut'?
Wer über ihm gelegen?
O mir versagt der Muth
Zu schauen, seinetwegen! —
 (Faustine erkennend und einen Zusammenhang sich zurechtlegend.)
Faustine ist die Mörderin! —
Musarion ist für diese Erde hin. —
Regt sich in ihm kein Leben mehr,
Das in ihm pulste voll und hehr?
Ist seine Seele schon verflogen,
Die oftmals mich zur Höh' gezogen? —
Kalt die sonst lebenswarme Hand!
Gebrochen der beschwingt gewes'ne Blick!
Zerrissen unser Liebesband!
Vernichtet all mein Glück!

Faustine
(die sich von der Leiche aufgerafft hat, zu Innocentia).

Du Echo meiner Klagen!
Versöhnt seh' ich dich an!

V, 27. 28.

Ich hab' ihn nicht erschlagen.
Ein Schlimm'rer hat's gethan.

(Zu Praktinski, der von hinter'm Baume her nahetritt.)

Hast du für mich nicht auch die Todeswunde?

Praktinski.

Es schlug für dich noch nicht die letzte Stunde. —
Ein Selbstmord widerstritte unserm Bunde
Und führte früher dich zum Höllenbeben.

(Furchterregend.)

Du sollst noch leben!

Faustine (höchst schmerzlich).

Wie! Ach, wie?
O solches Elend fühlt' ich nie! —
Dazu bin ich an dich gerathen
Und nahm an meiner Seele Schaden! —
Schaff' fort mich von dem Schreckensort!
Und sprich ein mächtig Zauberwort,
Daß er bestattet werde
Sanft in der kühlen Erde!

Praktinski.

Zum Schaffen, das das Leid vergessen macht!
Du wirst vergnügt mit sein, sobald die Nacht im Glanze lacht.

(**Praktinski** reißt Faustine mit sich fort.)

V, 28.

Innocentia (sich zur Leiche hinbeugend).

Ich wein' dir nach, den früh' ein Missethäter
Aus seiner lieben lichten Welt verbannt.

Leicht war dein Dasein wie der Aether;
Dem Himmelsblau warst du verwandt
Solch' Wölkchen ist gewachsen nicht dem Sturme,
Der seine Fittiche erhebt
Und aus dem grauen Wetterthurme
Das goldgefleckte niederbebt.
Es zitterten die Sonnenlichter
In deinem fröhlichen Gemüth.
Du warst der ächte Dichter;
Drum bist du früh' verblüht!

(Sie küßt die Leiche auf die Stirne.)

O daß du mich nicht nahmst zugleich
Mit dir in jenes sel'ge Reich! —
Irma! Du meine Fessel an das Leben!
O würdst du ganz mir hingegeben!

(Sie sinkt auf die Kniee und verrichtet ein stilles Gebet.)

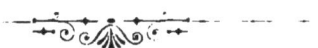

Sechster Aufzug.

VI, 1.

Dämmerung.
Im Hintergrunde Aussicht auf einen Garten.
Praktinski's Laboratorium für elektrische Zwecke. Ein Apparat für Beleuchtungselektrizität. Telegraphen- und Telephonapparat. Arbeitsgeräthe und Säurenballons.

(Es gelingt eben **Praktinski**, mit Hülfe der **Faustine** eine Bogenlampe zur Lichtwirkung zu bringen.)

Praktinski

(mit der stumpf vor sich hinblickenden **Faustine** in dunkelblauen Blusen arbeitend).

Ich zügelte den Strom schon längst vor Siemens.
Doch Teufelswerk erfreut sich nie des Rühmens. —
Noch diese Stange, diesen Schieber!
Dann gehen wir zu tief'rer Arbeit über.

(Es ist durch das Erglühen der Bogenlampe hell geworden.)

Faustine

(die nun mit **Praktinski** an einem geheimnißvollen anderen Gegenstand arbeitet, und zwar in einem großen Gefäße, das auf Feuer steht).

Ja, stellen wir den innewohnenden,
Den glänzend thronenden,
Den geist'gen Ursprung in Gestalt auch dar,
In Seele und Verkörp'rung klar!
Dies unser Kind soll kühn den Abschluß bilden!
Das Kind aus seligen Gefilden,
Das wir dem Schöpfer rauben!
Dann erst befestigt sich mein Glauben
An deine Wunderkraft und meine Unterstützung.

Praktinski.

Ich such' danach. Drum war mir deine Nützung
So unentbehrlich. Du g'rad' bargst das Lumen,
Deß ich bedurfte, wie das Wachsthum Krumen.
Du wirst die stolze **Mutter** sein.

Faustine (sehr nachdenklich).

      Die Mutter? Nein!
D i e Glückliche werd' nie ich sein!

Praktinski.

Gewiß! Wir zeugen hier den Genius des Lichts
Dem Weltenschöpfer nach. An nichts gebricht's!
Du stellest mir die rasche Feuerseele
Und ich die Elemente, die ich sorgsam wähle.
Nun kommet die Entbindung, die Geburt beschwerlich.
Ich gratuliere! Denn die Frucht wird gut, jedoch gefährlich. —
Ha! Welche Störung in so heikelen Sekunden!

VI, 2.

(**Innocentia** in Trauerkleidung und **Irma** treten auf.)

Innocentia.

So hab' ich dich denn endlich aufgefunden!
Ich bringe dir dein Kind, dein höchstes Gut!

Faustine (sonderbar erstaunt).

Mein Kind? Nein, nein! Kein Kind von Fleisch und Blut!
Fremd ist es mir, wie Glück und Heil der Welt!

Praktinski (arbeitend).

Ich bitt' um Stille! Denn der Schleier fällt.

Dein Seelenfeuer schüre an die Gluth!

VI, 3.

(Aus dem großen Gefäße, an dem **Praktinski** beschäftigt und in dem sie entstanden ist, entsteigt **Elektra**, ein größeres Kind ohne Gewand, sonnenglühend und strahlend, und bleibt etwas erhöht stehen. Der Raum wird stark erhellt.)

Faustine (starre Freude zeigend).

Gelungen! — Ja, d a s ist mein Kind, ein Diamant,
Der in den eig'nen Strahlen glüht!
Ein selbst sich nährender Urweltenbrand,
Der ewig Funken sprüht!
Laß dich umarmen, uns're Zeugung!
(Will Elektra umarmen.)

Elektra (ihr abwehrend).

Bleib' ehrbar in Entfernung! Mache deine Beugung!
Doch niemals greif' mich an! Ich bin ein blitzend Feuer,
Das keiner ungestraft berührt.

Faustine (heftig).

Mein Kind, mir theuer,
In Liebe nah' dich mir, daß ich dich küsse!

Elektra (befremdend).

Du Mutter mir!? Ich fühl' es nicht! So wisse,
Ich kenne keine Liebe, keine Kindespflicht:
Mein Streben ist nur einzig L i c h t!

Faustine (hochenttäuscht).

Verworfen von dem eigenen Geschöpfe! Hohn,
Wie ihn der Teufel selbst nicht stärker bietet! —
So wend' ich mich zu Irma, die gehütet
Hier steht. Sie zieht's zur Mutter schon,
Die Liebe ihr mit Liebe reich vergütet.

(**Irma** zieht sich scheu und furchtsam hinter Innocentia zurück.)

Irma.

Ich fürcht' dich! Laß mich hier verweilen!

Faustine.

O Gräßlichstes! Auch hier verwiesen.
Man treibt mich aus den Paradiesen.
Wie Eva muß ich meinen Frevel büßen! —
So will ich meine Brust euch theilen!
(Streckt sehnsüchtig die Arme nach beiden Seiten hin aus. Keine Annäherung bekundet sich seitens der beiden Kinder.)

Faustine (niedergedrückt).

Kein Zuruf, nicht ein Lockeblick aus diesem harten Stahl!? —
Ich leide übermenschlich unter dieser Qual!

Praktinski.

Laß das sentimentale Treiben!
Du wirst dabei nur auf dich reiben.
Reibung ist Elektrizität,
Wobei der Stoff zu Grunde geht.

Elektra (zu Faustine und Praktinski).

Ich sag' euch Lebewohl. Mein Wirkungsfeld
Ist nicht bei euch, ist draußen in der Welt.

Faustine (schmerzlichst).

So willst du scheiden, eh' ich dich umarmt,
Eh' ich an deinem Busen neu erwarmt?! —
Dem Kinde weh', das sich der Mutter nicht erbarmt!

Praktinski.

Auf dein Entstehen hatten lange wir gewartet;
Nun bist du schon bei der Geburt entartet.
Drin liegt die Rache höherer Gewalten,
Die mir's mißgönnen, meine Kräfte zu entfalten.
Du sollst verspüren Höllenzwang.

Faustine (in Aufwallung).

Und meiner Sehnsucht Drang!

(**Faustine** und **Praktinski** stürzen auf Elektra los und berühren sie. Indem werden sie heftig zu Boden geschleudert, der sich doppelt öffnet, aus dem Flammen sprühen und der b e i d e durch die Berührung mit Elektra des Lebens Beraubte verschlingt.)
(**Elektra** steigt ungerührt in die Soffitten empor und verschwindet darin. Höchster kalter Glanz strahlt über alle Theile der Bühne.)

Innocentia.

Entsetzlich! — Nimmer sollst du Gott versuchen. —
Wir wollen den Gerichteten nicht fluchen.
Der Teufel ging mit unter, in dem eig'nen Netz gefangen.
Folg', du m e i n viel ersetzend Kind,
Zum Ausgang mir geschwind,
Damit wir fliehen dieses Ortes Bangen.
(Die Bühne wird dunkler.)

VI, 4.

(Doktor **Ronober** und Professor **Schabholz** treten auf.)

Ronober.

Wir kommen, meiner Nichte aufzuwarten
Und ihres Wirkens Früchte anzuseh'n,
Die über irdisches Vermögen geh'n.
Sie ist nicht hier. Weilt sie vielleicht im Garten?

Innocentia

(auf die Spuren der Verwüstung am Boden zeigend).
Im Todtengarten! nicht mehr unter den Lebend'gen!

Schabholz.

So schrecklich mußten die Versuche end'gen!

Innocentia.

Sie sank entseelt nebst ihrem schlimmen Meister
Hier in den Boden, wie zwei Höllengeister.

Ronober.

Dem Teufel war sie eigen, unverhehlbar. —
Weh' ihr, ist das Gericht im Himmel nicht unfehlbar!
Sonst weint ein Gott, vom Schmerz durchdrungen,
Daß ihm die Schöpfung nicht gelungen.